文库古韵

丛书主编 郑毅

松江修暇集

雷飞鹏 等 撰

蒙一丁 校注

吉林文史出版社

图书在版编目（CIP）数据

松江修暇集/雷飞鹏等撰；蒙一丁校注. — 长春：吉林文史出版社, 2020.11
（长白文库）
ISBN 978-7-5472-7383-8

Ⅰ.①松… Ⅱ.①雷… ②蒙… Ⅲ.①诗集 – 中国 –民国 Ⅳ.①I226

中国版本图书馆CIP数据核字(2020)第216037号

松江修暇集

SONGJIANG XIUXIAJI

出 品 人：张　强
撰　　者：雷飞鹏等
校　　注：蒙一丁
丛书主编：郑　毅
责任编辑：程　明　高丹丹
装帧设计：尤　蕾
出版发行：吉林文史出版社有限责任公司
电　　话：0431—81629369
地　　址：长春市福祉大路出版集团A座
邮　　编：130117
网　　址：www.jlws.com.cn
印　　刷：吉林省优视印务有限公司
开　　本：170mm×240mm　1/16
印　　张：10.25
字　　数：100千字
版　　次：2020年11月第1版　2020年11月第1次印刷
书　　号：ISBN 978-7-5472-7383-8
定　　价：88.00元

《长白文库》总序

  中华优秀传统文化是中华民族的"根"和"魂"，习近平总书记高度重视中华优秀传统文化，并将其作为治国理政的重要思想文化资源。"不忘本来才能开辟未来，善于继承才能更好创新。""优秀传统文化是一个国家、一个民族传承和发展的根本，如果丢掉了，就割断了精神命脉。"中华优秀传统文化具有多样性和地域性等特征，东北地域文化是多元一体的中华文化中的重要组成部分。吉林省地处东北地区中部，是中华民族世代生存融合的重要地区，素有"白山松水"之美誉，肃慎、扶余、东胡、高句丽、契丹、女真、汉族、满族、蒙古族等诸多族群自古繁衍生息于此，创造出多种极具地域特征的绚烂多姿的地方文化。为了"弘扬地方文化，开发乡邦文献"，自 20 世纪 80 年代起，原吉林师范学院李澍田先生积极响应陈云同志倡导古籍整理的号召，应东北地区方志编修之急，服务于东北地方史研究的热潮，遍访国内百余家图书馆寻书求籍，审慎筛选具有代表性的著述文典 300 余种，编撰校订出版以《长白丛书》（以下简称《丛书》）为名的大型东北地方文献丛书，迄今已近 40 载。历经李澍田先生、刁书仁和郑毅两位教授三任丛书主编，数十位古籍所前辈和同人青灯黄卷、兀兀穷年，诸多省内外专家学者的鼎力支持，《丛书》迄今已共计整理出版了 110 部 5000 余万字。《丛书》以"长白"为名，"在清代中叶以来，吉林省疆域迭有变迁，而长白山钟灵毓秀，蔚然耸立，为吉林名山，从历史上看，不咸山于《山海经·大荒北经》中也有明确记录，把长白山当作吉林的象征，这是合情合理的。"（《长白丛书》初版陈连庆先生序）

  1983 年吉林师范学院古籍研究所（室）成立，作为吉林省古籍整理与研究协作组常设机构和丛书的编务机构，李澍田先生出任所长。全国高校古籍整理工作委员会、吉林省教委和省财政厅都给予了该项目一定的支持。李澍田先生是《丛书》的创始人，他的学术生涯就是《丛书》的创业史。《丛书》能够在国内外学界有如此大的影响力，与李澍田先生的敬业精神和艰辛努力是分不开的。《丛书》创办之始，李澍田先生"邀集吉、长各地的中青年同志，乃至吉林的一些老同志，群策群力，分工合作"（初版陈序），寻访底本，夙兴夜寐逐字校勘，联络印刷单位、寻找合作方，因经常有生僻古字，先生不得不亲自到车间与排版工人拼字铸模；吉林文史出版社于永玉先生作为《丛书》的第一任责编，殚精竭虑地付出了很多努力，为《丛书》的完成出版做出了突出贡献；原古籍所衣兴国等诸位前辈同人在辅助李澍田先生编印《丛书》的过程中，一道解决了遇到的诸多问题、排除了诸多困难，是《丛书》草创时期的重要参与者。《丛书》自20世纪80年代出版发行以来，经历了铅字排版印刷、激光照排印刷、数字化出版等多个时期，《丛书》本身也称得上是改革开放以来中国印刷史的见证。由于《丛书》不同卷册在出版发行的不同历史时期，投入的人力、财力受当时的条件所限，每一种图书的质量都不同程度留有遗憾，且印数多则千册、少则数百册，历经数十年的流布与交换，有些图书可谓一册难求。

1994年，李澍田先生年逾花甲，功成身退，由刁书仁教授继任《丛书》主编。刁书仁教授"萧规曹随"，延续了《丛书》的出版生命，在经费拮据、古籍整理热潮消退、社会关注度降低的情况下，多方呼吁，破解困局，使得《丛书》得以继续出版，文化品牌得以保存，其功不可没。1999年原吉林师范学院、吉林医学院、吉林林学院和吉林电气化高等专科学校合并组建为北华大学，首任校长于庚蒲教授力主保留古籍所作为北华大学处级建制科研单位，使得《丛书》的学术研究成果得以延续保存。依托北华大学古籍所发展形成的专门史学科被学校确定为四个重点建设学科之一，在东北边疆史地研究、东北民族史研究方面形成了北华大学的特色与优势。

2002年，刁书仁教授调至扬州大学工作，笔者当时正担任北华大学图书馆馆长，在北华大学的委托和古籍所同人的希冀下，本人兼任古籍所所长、《丛书》主编。在北华大学的鼎力支持下，为了适应新时期形势的发展，出于拓展古籍研究所研究领域、繁荣学术文化、有利于学术交流以及人才培养工作的实际需要，原古籍研究所改建为东亚历史与文献研究中心，在保持原古籍整理与研究的学术专长的同时，中心将学术研究的视野和交流渠道拓展至东亚地域范围。同时，为努力保持《丛书》的出版规模，我们以出文献精品、重学术研究成果为工作方针，确保《丛书》学术研究成果的传承与延续。

在全方位、深层次挖掘和研究的基础上，整套《丛书》整理与研究成果斐然。《丛书》分为文献整理与东亚文化研究两大系列，内容包括史料、方志、档案、人物、诗词、满学、农学、边疆、民俗、金石、地理、专题论集 12 个子系列。《丛书》问世后得到学术界和出版界的好评，《丛书》初集中的《吉林通志》于 1987 年荣获全国古籍出版奖，三集中的《东三省政略》于 1992 年获国家新闻出版总署全国古籍整理图书奖，是当年全国地方文献中唯一获奖的图书。同年，在吉林省第二届社会科学成果评奖中，全套丛书获优秀成果二等奖，并被国家新闻出版总署列为"八五"计划重点图书。1995 年《中国东北通史》获吉林省第三届社会科学优秀成果二等奖。2005 年，《同文汇考中朝史料》获北方十五省（市、区）哲学社会科学优秀图书奖。

《丛书》的出版在社会各界引起很大反响，与当时广东出现的以岭南文献为主的《岭南丛书》并称国内两大地方文献丛书，有"北有长白，南有岭南"之誉。吉林大学金景芳教授认为"编辑《长白丛书》的贡献很大，从《辽海丛书》到《长白丛书》都证明东北并非没有文化"。著名明史学者、东北师范大学李洵教授认为："《长白丛书》把现在已经很难得的东西整理出来，说明东北文化有很高的水准，所以丛书的意义不只在于出了几本书，更在于开发了东北的文化，这是很有意义的，现在不能再说东北没有文化了。"美国学者杜赞奇认为"以往有关东北方面的材料，利用日文资料很多。而现在中文的《长白丛书》则很有利于提高中国东北史的研究"（《长白丛书》出版十周年纪念会上的发言）。中国社会科学院边疆史地研究中心主任厉声研究员认为："《长白丛书》已经成为一个品牌，与西北研究同列全国之首。"（1999 年 12 月在《长白丛书》工作规划会议上的发言）目前，《长白丛书》已被收藏于日本、俄罗斯、美国、德国、英国、加拿大、澳大利亚、韩国及东南亚各国多所学府和研究机构，并深受海内外史学研究者的关注。

为了更好地传承和弘扬优秀地域文化，再现《丛书》在"面向吉林，服务桑梓"方面的传统与特色，2010 年前后，我与时任吉林文史出版社社长的徐潜先生就曾多次动议启动出版《长白丛书精品集》，并做了相应的前期准备工作，后因出版资助经费落实有困难而一再拖延。2020 年，以十年前的动议与前期工作为基础，在吉林省省级文化发展专项资金的资助下，北华大学东亚历史与文献研究中心与吉林文史出版社共同议定以《长白丛书》为文献基础，从《丛书》已出版的图书中优选数十种具有代表性的文献图书和研究著述合编为《长白文库》加以出版。

《长白文库》是在新的历史发展时期对《长白丛书》的一种文化传承和创新，《长白丛书》仍将以推出地方文化精华和学术研究精品为目标，延续东北地域文化的文脉。

《长白文库》以《长白丛书》刊印 40 年来广受社会各界关注的地方文化图书为入选标准，第一期选择约 30 部反映吉林地域传统文化精华的图书，充分展现白山松水孕育的地域传统文化之风貌，为当代传统文化传承提供丰厚的文化滋养，是一件功在当代、利在千秋的文化盛举。

盛世兴文，文以载道。保存和延续优秀传统文化的文脉，是人文社会科学研究者的社会责任和学术使命，《长白丛书》在创立之时，就得到省内外多所高校诸多学界前辈的关注和提携，"开发乡邦文献，弘扬地方文化"成为 20 世纪 80 年代一批志同道合的老一辈学者的共同奋斗目标，没有他们当初的默默耕耘和艰辛努力，就没有今天《长白丛书》这样一个存续 40 年的地方文化品牌的荣耀。"独行快，众行远"，这次在组建《长白文库》编委会的过程中，受邀的各位学者都表达了对这项工作的肯定和支持，慨然应允出任编委会委员，并对《长白文库》的编辑工作提出了诸多真知灼见，这是学界同道对《丛书》多年情感的流露，也是对即将问世的《长白文库》的期许。

感谢原吉林师范学院、现北华大学 40 年来对《丛书》的投入与支持，感谢吉林文史出版社历届领导的精诚合作，感谢学界同人对《丛书》的关心与帮助！

郑　毅

谨序于北华大学东亚历史与文献研究中心

2020 年 7 月 1 日

目　录

第二集

第三集

第四集

松江修暇集

第五集

第八集

第九集

诗　余

《松江修暇集》前言

　　《松江修暇集》是松江修暇社社员宴游、酬唱、赠答的诗集。前九集有五七言古风四十三首，五七言近体律绝一百二十二首。1918 年铅印。成多禄题签。该诗社成立于民国初年，以吉林省省长郭宗熙为首，凡十五人。郭宗熙是湖南人，于 1909 年（宣统元年）6 月 2 日来吉林省任东南兵备道，驻珲春城，管理珲春、延吉、绥芬一带边务和关税。其后，几经升迁，于 1916 年（民国五年）7 月 26 日，总统黎元洪任为吉林省省长。1919 年（民国八年）辞职。

　　郭宗熙在任省长期间所组织的诗社，其成员除寓居北京而属吉林籍的成多禄以外，都是从南方追随郭宗熙而来的僚属。这些文人由于远离家乡又身为僚属，其作品多有怀念家乡和歌颂郭宗熙的情调。

　　松江修暇社活动期间，正逢民国初年各派军阀争权夺势以及复辟与反复辟的复杂斗争。这种混乱局面，给人民带来了灾难与痛苦。在此种政治环境中，松江修暇社的一些诗作中，也就流露出对国家统一、人民幸福的渴望。《松江修暇集》具有一定的进步意义。

松江修暇社宴游、酬唱主要活动于吉林北山、龙潭山等名胜风景区，因而吉林的山水风光、历史渊源就成为诗人们吟咏的对象。这样的诗词对宣传吉林形象、提高吉林的知名度，在客观上起到了积极作用。

吉林师院古籍研究所此前整理出版的《香余诗钞》《吉林纪事诗》《成多禄集》《宋小濂集》《徐鼐霖集》等都是具有吉林特色的地方文艺作品，为研究吉林地方文学发展史提供了宝贵的材料。《松江修暇集》的整理出版，也将和上述诸集具有同等价值。

在整理这个集子的过程中，得到蒙秉书、金国泰、刘迺中、夏润生、罗节文、李澍田诸公的审阅和指正，特表深深的谢意。囿于笔者闻见，地方文献无征，仅对郭宗熙的身世略加介绍，其余的社员身世只好省去。标注不当之处，敬请读者批评。

编者 写于庚午年吉林雾凇冰雪节

松江修暇社启

　　榆塞迤东，北陡兴安上腴之国[1]，自周秦来，视同瓯脱[2]。清季同轨泰西[3]，通道荒远，鼋莫千程[4]，如涉门屺矣[5]。吉林虽僻尔东陲[6]，而铁道交衢，衡轸连接[7]。省治船厂[8]，南面松江，山水清隩[9]，富有瑰宝，固天然一佳都会也。夫稷慎之虚[10]，东方古国，开化最先。汉郡唐州[11]。变置部落，金元京路[12]，文野进退，及明羁卫所[13]，清以开国皇伯之风[14]，泱泱可表[15]。居游兹土者，俯仰衰盛，允有藻绘以兼咏歌矣[16]。文献不足，风习自锢。管邴芳躅[17]，仅及辽东。丁白羽流[18]，徒寄凫鹤。则如宋代张洪持节北徙[19]，于史有光。然会宁讲舍[20]，冷山流馆[21]，故迹久湮，罔可指识。明清之际，友声汉槎[22]，宁古塔之戍诗[23]，长白山之赋制[24]。诡形异域[25]，怀归弗宁。漠天无垠，吁其已瘁。尝翻此邦志乘[26]，所举耆旧，如乌雅氏庆福有独行[27]，萨英额张吉夫有撰述[28]，马藩、牛化麟、于凌奎等有惠绩[29]，及其他内行或以名业显者，大抵皆清人，前此无闻焉！岂非以山川阻远，礼

001

莫能征与^[30]？今世交通，风目呼吸^[31]，遐迩宴笑，不复有荒徼之畏，性习之猜。丁时共和^[32]，黄农非远^[33]，寤歌莽苍^[34]，适兹乐国^[35]，此诚千载一时之会也。夫难逢者，遇易失者时。万方多艰，涔蟄未解^[36]，旁皇文宴，庸讵有尚^[37]？但亭伯达旨^[38]，茂先励志^[39]。昔先明夷恒存谈艺无庸之学^[40]，罔罗放失^[41]，将以答觊天人^[42]，资镜流尘^[43]，宁为泰乎^[44]？时日有暇，开经望益，摅昶天签^[45]，殊趣同归。或好梁父之吟^[46]，或负塞下之书^[47]，或兴广武之叹^[48]，或发苏门之啸^[49]。其在诗曰："风雨如晦，鸡鸣不已"^[50]，言礼乐由人而作，不可以颠沛寝也。师鲁仲曰^[51]："不有博弈者乎^[52]？为之犹贤乎已。"言士大夫之不可终日无执也。同人等窃傅其义，因地抚时，拟名曰:《松江修暇社》，其视博弈殆犹有愈，抑庶效风雨鸡鸣之节，诸君子未不亦有乐于此者乎^[53]！是诚甚所愿也，是试甚所愿也。

湘南雷飞鹏谨启　时民国六年七月　日

校　注：

[1]榆塞：古代北方边塞植榆，故称边塞为"榆塞"。《汉书·韩安国传》："累石为城，树榆为塞。"此指山海关（榆关）。阹（qù）：猎者利用天然地形围猎禽兽。上腴之国：指上等肥美之土地。

[2]瓯脱：两国间的缓冲地带。《史记·匈奴列传》："（东胡）与匈奴之间，中有弃地，莫居，千余里。各居其边为瓯脱。"

[3]泰西：犹言极西，旧时用以称西方各国，即指欧美各国。

〔4〕鼌莫：早晚。鼌（zhāo），通"朝"，清晨。莫，暮之古字。

〔5〕戺（shì）：台阶两旁所砌之斜石。

〔6〕僻尔：偏僻靠近。

〔7〕衡轸：指四面八方往来车辆。

〔8〕船厂：吉林城旧名。

〔9〕隩（ào）：水涯深曲处。

〔10〕稷慎：即虞之息慎，夏至周之肃慎。虚：处所。

〔11〕汉郡唐州：汉代设玄菟郡，唐时为渤海涑州。

〔12〕金元京路：《吉林通志·沿革志上》："金南为上京海兰路，东南为率宾路，东北为呼尔哈路，北为肇州会宁府，西北为隆州及东京之泰州，西为东京咸平路属县。""元为开原路，西为咸平路，混同江两岸为合兰府硕达勒达等路。"

〔13〕明羁卫所：《吉林通志·沿革志上》："明初年为努儿干都司，领卫所一百余。"

〔14〕皇伯：辉煌盛大。

〔15〕泱泱：宏大貌。

〔16〕藻缋：比喻文采。缋，同"绘"。绘画。羕，（yàng），水长。此取"长远"之意。

〔17〕管邴：指管宁与邴原。管宁，三国朱虚人，字幼安，笃志于学。汉末，黄巾起义，避居辽东，从者甚众，旬月成邑。宁讲诗书，明礼义，民化其德，斗讼为息。乱平还郡，朝廷屡征不就。邴原少与华歆、管宁游学，三人相善，时号为"一龙"：歆龙头，宁龙腹，邴龙尾。后与管宁同赴辽东。芳躅：足迹、行踪。

［18］丁：指丁令威。晋陶潜《搜神后记》卷一："丁令威本（汉）辽东人，学道于灵虚山，后化鹤归辽，集城门华表柱。时有少年，举弓欲射之，鹤乃飞，徘徊空中而言曰：'有鸟有鸟丁令威，去家千年今始归。城郭如故人民非，何不学仙冢累累。'"白：所指不详。羽流：指神仙道士。

［19］张洪：指宋代出使金的张邵和洪皓。

［20］会宁讲舍：张邵，字才彦，乌江人，登宣和上舍第。建炎元年，为衢州刑曹。三年，金人南迁，诏求可使北朝者，邵慨然请行，假礼部尚书，充通问使。金人先拘燕山寺，后益徙会宁（今黑龙江省阿城县南之白城）。邵卒不屈，屡濒于死。其在会宁时，金人多从之学。生徒断木书于其上，捧诵既过，削去复书。中圆如瓠，而首尾锐，目之曰木橄榄。盖其俗，儿童诵习率以此。又以易讲授，学者为之期，日升僧座，鸣鼓为候，讲说大义，一时听者毕至。由是兰徒有钱米布帛之馈，赖以自给。宋宣和十三年，与金议和成，始归。

［21］冷山流馆：洪皓（1088—1155），字光弼，鄱阳人，生于宋哲宗三年，卒于高宗绍兴二十五年。少有奇节，慷慨有志。政和五年进士，后奉使至金，被留几死。流窜冷山境，屡以敌情上达，乞兴师进击，以图恢复，抱印符卧起，留金十五年而还。后因忤秦桧贬官，安置英州而卒。谥"忠宣"。有《松漠纪闻》《金国文具录》传世。

［22］友声汉槎：友声，即杨友声，乃与吴兆骞同谪于宁古塔的七谪者之一。吴兆骞谓杨友声"铁面虬髯，诗甚清丽"。汉槎，清吴兆骞之字，吴江人，顺治丁酉举人。以科场案流放宁古塔二十三年。其诗多写关外景色和怀乡之情。其中不少诗篇，指斥沙俄侵略我

国暴行，歌颂黑龙江流域广大军民抗俄斗争，表现其爱国之忱。康熙二十一年，清圣祖遣祭长白山，因为《长白山赋并序》。居绝域二十三年始还。

[23]宁古塔:城名。满语"六个"为"宁古"，故称其地为宁古塔，有新旧二城，旧城即今黑龙江宁安西海林河南岸旧街镇；新城即今宁安县城。

[24]长白山：辽、吉、黑三省东部和中朝边境东部山地的总称。东北——西南走向。包括完达山、穆棱窝集岭、老爷岭、张广才岭、吉林哈达岭、老爷岭等。海拔 200—2000 米。上有天池，周 40 里。

[25]诡形：怪异地形。

[26]志乘：志书。

[27]乌雅氏庆福:字赋川，吉林人，满洲镶黄旗。道光丁酉举人，官国子监博士，在吉林创建试院和崇文书院。

[28]萨英额张吉夫：吉林人，满洲正黄旗。道光初任堂主事，寻擢西陵工部郎中，辑有《吉林外纪》十卷。

[29]马藩:直隶元城人，以贸迁至吉林，遂为吉林人。母兄留元城，奉之甚备。乡人来者，必善待之，使得所。见童子之秀者，虽不识，辄使之就读，时称"马善人"。牛化麟：字石斋，吉林人，以郎中签分户部，假归。性谨饬，勇于为义，吉林故土城，地既苦寒，有饥而无所食者，辄救济之。于凌奎：字星伯，故山东潍县人，因岁荒随父至伯都讷厅定居。以力田起家。父龙川，好施与，所在称之。奎有父风，而尤孝友。故籍来投之者，资助之，至者如归。

[30]礼:古书名。《仪礼》《周礼》《礼记》的合称。此指古代文献。

［31］风目呼吸：指所见所闻和所感觉到的东西。

［32］丁时共和：指正当中华民国初创的时候。

［33］黄农非远：指距离华夏文化并非遥远。

［34］㝛歌莽苍：指面对广阔的原野栖息歌唱。

［35］乐国：指富饶的吉林地方。

［36］沴孽：犹言妖孽。

［37］庸讵有尚：哪能有所崇尚。

［38］亭伯达旨：顾炎武（亭林）主张博学有耻，敛华就实。

［39］茂先励志：张华（字茂先）磨励意志，博闻强识。

［40］明夷：指明末的遗老。

［41］罔罗放失：收集散失之文献。罔同网。

［42］答贶天人：报答先人之赐予。贶（kuàng）：赐予。

［43］资镜流尘：指供给后世做借鉴。

［44］泰：安泰、平安。

［45］摅昶天签：指抒发情怀。

［46］梁父之吟：即《梁甫吟》。汉乐府相和歌词楚调曲名。梁父，小山名，在泰山下。《三国志·蜀志·诸葛亮传》："亮躬耕陇亩，好为《梁父吟》。"父同甫。

［47］塞下之书：所指不详。

［48］广武之叹：广武，古城名。故址在今河南荥阳东北广武山上。有东西二城，相距约二百步，中隔广武涧。楚汉相争时，刘邦屯西城，项羽屯东城，互相对峙。此喻当时军阀纷争。

［49］苏门之啸：《晋书·阮籍传》："籍尝于苏门山下遇孙登，与

商略终古及栖神道气之求，登皆不应，因长啸而退，至其岭闻其声若鸾凤之音响于岩谷，乃登之啸也。"啸，是抒发心中不言之言。

[50]鸡鸣：《诗·齐风》篇名。全篇以对话形式，描述妻子于天未明时，即一再催丈夫起身。为后来"鸡鸣戒旦"的由来，告诫人不管在任何情况下均应自强不息。

[51]鲁仲：即春秋时期鲁国的孔仲尼（孔子）。排行第二称"仲"。

[52]博弈：《论语·阳货》："不有博弈者乎，为之犹贤乎已。"博，局戏；弈，围棋。

[53]未：不定代词，相当于"没有"。

第一集

艾室雷飞鹏

早赴北山待颐庵使君暨同游诸君不至[1]

久与灵山别，携尊酹晓天。

黑乌噪高树，花鼠窜丛芊[2]。

雨洗蹊痕出，城环江影圆[3]。

高轩期未至，风色望蹁跹。

[1]颐庵：当时吉林省省长郭宗熙号。

[2]丛芊：茂盛草丛。

[3]城环江影：吉林市，北东南三面环江，北山上鸟瞰，清晰可见。

睡石栾骏声

夏日赴约登北山

石扇中开天一方[1]，偶携吟榼涤尘黄[2]。

百年词赋兰成梦[3]，四壁江山古达乡[4]。

地僻能容松影直，雨余微觉草痕凉。

野僧手植花盈亩，幻作池莲浥浥香。

［1］石扇中开：指进入北山公园后，迎面两山间所凿通之石门，高约五十米，上建石桥名为揽辔桥，把两山连成秀美之通道。

［2］吟榼：指吟咏时所携之酒器。

［3］兰成：庾信，字子山，小字兰成，南阳新野人，生于梁武帝天监十二年（513 年），卒于隋文帝开皇元年（581 年）。幼而俊迈，聪敏绝伦，博览群书，尤善《春秋左氏传》，与徐陵均有盛才，文并绮丽，时称"徐庾体"。

［4］古达乡：对吉林城之美称。

颐庵郭宗熙

和艾室韵

谁更携长笛，凭高悲远天。

出山泉愈冷，得雨草弥芊。

阁邃风声约，江回树影圆。

输他鹰隼健，云表自蹁跹。

非园瞿方梅

北山纪事

都庞召我北山游[1]，半世疏狂病未瘳。

攀树半登风欲堕，野花争上老人头。

［1］作者自注："艾室居都庞岭下，自署所撰录曰《都庞山馆丛著》。"按：都庞岭，"五岭"之一，亦称"永明岭""揭阳岭"，在湖南省和广西壮族自治区交界处。旧文人学者常以出生之地为代名。

酌笙王闻长

北山吟呈颐庵节使暨同游诸君

世内有佳境，登山一豁然。

江流绕芳甸，云影下遥天。

入座山逾静，夺窗风放颠。

围棋随谢傅[1]，归路月娟娟。

[1] 谢傅：指谢安，字安石，陈国夏阳人。生于晋元帝"大兴三年"，卒于孝武帝"太元十年"。孝武帝亲政，进中书监，录尚书事。苻坚师次淮淝，号称百万，京师震动。安为征讨大都督，"指授将帅，各当其任"。兄子玄等既破敌，驿书至，安方对客围棋、阅书毕，了无喜色，围棋如故。"既罢，还内，过户限，心甚喜，不觉屐齿之折"。封建昌县公，拜太保，出镇广陵，疾笃还都，卒，赠太傅。本诗于此借谢傅以赞誉郭宗熙。

棹渔成本璞

和艾室韵

高阁凌寒雾，层峦倚远天。

野花红冉冉，洲草绿芊芊。

树暝烟痕合，江空日影圆。

北山欲招饮，醉舞自蹁跹。

和睡石韵

树杪钟声出上方，疏帘淡月近昏黄。

登高自觉非尘世，薄醉浑忘在异乡。

山色横窗云意懒，松风拍枕梦痕凉。

天涯莲社开觞咏[1]，尚有荀郎袖里香[2]。

[1]莲社：佛教关于念佛的最初的结社，原称"白莲社"。东晋元兴年间（公元5世纪初），慧远为了专修净土法门，在庐山东林寺创立莲社。宋代以来，念佛盛行，各地续有莲社的组织。于此借指松江修暇社。

[2]荀郎：指荀草。《山海经·中山经》："青要之山……有草焉，其壮如菅而方茎，黄华赤实，其本如蒿本，名曰荀草，服之美人色。"菅（jiān），兰草。

子健李葆光

用艾室韵奉呈颐庵节使

睡石厅长暨同游诸君

驱马荒郊路，新畦草自芊。

江声挟风壮，树影落阶圆。

排闼延青障[1]，开尊堕碧天[2]。

相忘此飞盖[3]，世外暂蹁跹。

[1]排闼：推门。

[2]此句指碧色的天空映入酒樽中。

[3] 飞盖：指建筑于高山之上的亭阁。

润斋阚毓泽

同前题

亦有无尘处，霏珠接九天[1]。

泉声随磬落，帆影蠹江圆。

四座杯光碧，双鞋草色芊。

洞箫邻院起，鹤羽想蹁跹。

[1] 霏珠：云气水珠。

颐　庵

和非园

脚轻无碍此间游，病酒看山忽已瘳。

著我风轩刚欲睡，一双啼鸟在枝头。

澹堪成多禄

北山雅集，呈颐庵使君兼酬非园艾室睡石棹渔酌笙润斋子健诸君

尘羁才脱便身轻，巾履萧然野意生，

杰阁栖烟涵远树[1]，大江摇镜抱孤城。

画图不减前游乐[2]，丝竹难为此日声。

漾煞九天珠唾落[3]，冷泉心比在山清。

[1] 杰阁：高峻的楼阁。

[2]作者自注："是日呈观余香雪寻诗卷子。"

[3]珠唾：比喻名言佳句。杨万里诗："银钩珠唾千万章。"

艾　室

和睡石韵

快游却暑上清方[1]，下界尘沙眼际黄。

山寺数楹云作障，江城一抹水为乡。

日临苔砌含朝晕，风撼松轩入晚凉。

坐久不归忘酒喝，四郊禾黍远闻香。

[1]清方：清幽的方丈，即佛寺。

颐　庵

北山醉归口占

劳劳尘事何时了，水绕山攒得一丘。

偶向高冈作长啸，片云天际有归舟。

和澹堪韵

把酒空山万事轻，天风吹日写平生。

却看水际回孤棹，稍喜云阴覆一城。

萧寺最宜携画本[1]，老松还约听秋声。

新诗初就茶初歇，更觉风光分外清。

[1]萧寺：佛寺。李贺《马诗二十三首》其十九："萧寺驮经马，元从竺国来。"王琦《汇解》：《释氏要览》：'今多称僧居为萧寺者，

是用梁武造寺，以姓为题也。'"梁武，即梁武帝萧衍。

和睡石韵

觅得心中却暑方，云低丛薄日微黄。

忽披图画动诗兴，便对江城怀故乡。

杂花满庭各自媚，长松过屋时生凉。

岸端彳亍不知晚，襟上犹余香草香。

艾室

和澹堪韵

尘海荣枯一叶轻，江楼寄我有涯生。

酒边钟磬沉僧院，梦里关河说帝城[1]。

回首八千云月影，耐听断续燕莺声。

灵山高会寻常事，尽有狂怀揭泰清[2]。

[1]帝城：指北京城。

[2]泰清：即太清。道家谓天道，亦谓天空。《庄子·天运》："行之以礼义，建之以太清。"成玄英疏："太清，天道也。"

睡石

同前题

久赋登临觉屦轻，放歌时有好风生。

三边诗酒香山会[1]，几迭烟岚谢朓城[2]。

野水初消泉有韵，寺钟微动鸟无声。

百花扶影延孤月，天色昏黄神自清。

[1] 三边：汉代，幽、并、凉三州，其地都在边疆，后泛指边疆。李白《古风五十九首》其六："谁怜李飞将，白首没三边。"香山：山名。在今河南洛阳龙门山之东。唐白居易曾在此筑石楼，自号香山居士。于此借指北山诗会。

[2] 谢朓：（464—499年），南朝齐诗人，字玄晖，陈郡阳夏人，曾任宣城太守、尚书吏部郎等职。后被萧遥光诬陷而死。在永明体作家中成就较高。诗多描写自然景色，善于熔裁，时出警句，风格清俊。颇为李白所推许。谢朓因曾任宣城太守，故亦称"谢宣城"，于此借指吉林城为诗人汇聚之城。

酌　笙

和睡石韵

养生多蓄肘后方[1]，不如北窗高卧追羲皇[2]。

出门直上最高顶，松轩已入黑甜乡[3]。

晨兴弄日散林麓，人去吾犹乘晚凉。

空山终古僧房静，愿借席地时焚香。

[1] 肘后方：医书名。《隋书·经籍志》有《扁鹊肘后方》三卷，《葛洪肘后方》六卷。《新唐书·艺文志》有刘贶《真人肘后方》三卷。

[2] 羲皇：指羲皇上人，即伏羲氏。古人想象伏羲以前的人，无忧无虑，生活闲适。陶潜《与子俨等疏》："常言五六月中，北窗下卧，遇凉风暂至，自谓是羲皇上人。"

[3] 黑甜乡：梦乡。《诗人玉屑》引《西清诗话》云："南人以饮

酒为软饱，北人以昼寝为黑甜。"

和非园韵

强携藜杖登高处[1]，吾足应占翌日瘳。

得地自然心目豁，平吞江濑短墙头[2]。

[1]藜杖：藜茎所做的杖。《晋书·山涛传》："以母老，并赐藜杖一枚。"

[2]江濑：江涛。

和颐庵节使醉归

佳水佳山得长游，何必区区守故丘。

才脱云间双蜡屐[1]，却思江上驾轻舟。

[1]蜡屐：涂蜡的木履，登山时穿。

棹　渔

和澹堪韵

万峰深处一筇轻[1]，浩荡烟尘足底生。

碧海西倾移斗极[2]，黑河北折走孤城[3]。

云横大漠天如水，风激寒江夜有声。

醉向山中自高卧，松阴月色梦魂清。

[1]筇（qióng）：筇竹所做之杖。

[2]碧海：指晚间碧绿的天空。斗极：北极星。

[3]黑河：指夜间所见的松花江。

次韵赠澹堪

十年湖海一身轻，饭颗山头太瘦生[1]。

斜日旌旗悲故国[2]，西风鼓角卧空城。

白公吴下留诗本[3]，坡老黄州有政声[4]。

输汝藏身香雪海[5]，玉壶心迹已双清。

[1]饭颗山：传为唐代长安山名。孟棨《本事诗·高逸》："白（李白）才逸气高，与陈拾遗齐名……尝言：兴寄深微，五言不如四言，七言又其靡也，况使束于声调俳优哉？故戏杜曰：'饭颗山头逢杜甫，头戴笠子日卓午。借问别来太瘦生，总为从前作诗苦。'盖讥其拘束也。"此指成多禄（澹堪）。

[2]故国：指清朝。

[3]白公：指唐代大诗人白居易，曾被贬为江州司马。江州、杭州、苏州原为三国吴所属之地，故以"吴下"称之。

[4]坡老：苏轼（1037—1101年），北宋文学家、书画家。字子瞻，号东坡居士，眉山（今属四川）人，因反对王安石新法，贬谪黄州。

[5]香雪海：江苏吴县邓尉山多梅，花时一望如雪，香闻数十里，故又名"香雪海"，成澹堪曾有《香雪寻诗图》。

次颐庵节使韵奉呈四首兼酬艾公

后有苏州前彭泽[1]，左挹洪崖右浮丘[2]。

何日重携三径酒[3]，终须早办五湖舟[4]。

无边山色来边地，终古寒江枕古丘[5]。

对此茫茫复何语，斜阳影里一扁舟。

痴儿枉营兔三窟[6]，竖子终成貉一丘[7]。

不信神州遂沉陆，方知虚壑有藏舟。

艾庵自是文章伯[8]，能读三坟与九丘[9]。

却忆横经湘水曲，夜灯人语屋如舟。

[1]彭泽：指彭泽县。

[2]洪崖：指洪泽县。浮丘：指旧浮梁县。境内自唐以来，以景德镇瓷器闻名全国。

[3]三径：指隐后所住的田园。陶潜《归去来辞》："三径就荒，松菊犹存。"

[4]五湖舟：泛舟五湖。此"五湖"指太湖。春秋末吴亡后，范蠡泛舟游五湖。

[5]古丘：指长白山。

[6]兔三窟：即"狡兔三窟"。狡猾的兔子有三个洞穴，藏身之处多，便于逃避灾祸。今多用于贬义，言人狡诈奸猾，工于心计，善为己谋。

[7]竖子：古时对人的一种蔑称。貉一丘：即"一丘之貉"。"痴儿""竖子"两句指民国六年（1917年）时军阀。

[8]艾庵：作者自注："艾室一号艾庵。"文章伯：指文章能手或文坛巨匠。

[9]三坟、九丘：相传都是古书名。《左传·昭公十二年》："是

能读《三坟》《五典》《八索》《九丘》。"

和非园韵

寻春杜牧感前游[1]，病渴文园尚未瘳[2]。

不分鬓丝垂柳畔，酒杯在手月当头。

[1] 杜牧：字牧之，京兆万年（今陕西长安）人。唐文学家。

[2] 文园：孝文园，即汉文帝陵园。司马相如曾为孝文园令，后人因称之为"文园"。杜牧《为人题赠》诗："文园终病渴，休咏《白头吟》。"渴，消渴病，司马相如曾患此症。作者借此自喻。

第二集

澹 堪

北山书感呈颐庵公暨同社诸君

壮怀不减游山兴，旌节重临曙色开[1]。

几代废兴江上去，万家晴雨眼中来。

群龙战野悲生世[2]，大鸟盘空起异才[3]。

见说南皮盛宾从[4]，为吟瓜李一低徊[5]。

[1] 旌节：古代使者所持的符节。此借指颐庵。

[2] 群龙战野：指中华民国初年军阀割据纷争的形势。

[3] 大鸟：借对颐庵的赞誉。

[4] 南皮：张之洞（1837—1909 年），清末洋务派领袖。字孝达，号香涛，直隶南皮（今属河北）人。同治进士。曾任翰林院侍讲学士、内阁学士等职。1884 年（光绪十年）任两广总督。1900 年任军机大臣，掌管学部。在任常公余宴游，从者甚众。

[5] 瓜李:《诗·卫风·木瓜》:"投我以木瓜，报之以琼琚，匪报也，永以为好也。""投我以木李，报之以琼玖，匪报也，永以为好也。"

立秋先四日雨后集北山

疏雨洒灵丘[1]，重来郭北游。

湿云缘路踏，痴鸟向人讴。

尘外盛诗侣，花间添酒筹[2]。

风光莫辜负，一瞬即成秋。

[1]灵丘：有名气的山丘。

[2]酒筹：旧时饮酒用以计数的筹子。白居易《同李十一醉忆元九》："花时同醉破春愁，醉折花枝作酒筹。"

和非园北山纪事

人生识字忧患始[1]，已分沉疴未易瘳[2]。

一夕江山迎我笑，不教百虑上心头。

[1]作者自注："用苏句。"宋苏轼《石苍舒醉墨堂》有"人生识字忧患始，姓名粗记可以休"。

[2]沉疴：久治不愈之病。

题澹堪《香雪寻诗图》[1]

桑海纷拏涕泪新[2]，寥天一壑寄吟身。

生成铁脚能禁雪，谁识诗人是道人[3]。

[1]辛亥年（1911年），成多禄在江苏访邓尉山（在江苏吴县），游香雪海赏梅花，吴昌硕以此为题绘图以赠，又称《邓尉探梅图》。

[2]桑海纷拿：变化混乱。

[3]道人：有道德有才气之人。

非　园

闻寺檐鸣虫

檐端蝈蝈鸣，凉意望秋生。

感遇刘文学[1]，乞官阮步兵[2]。

也来逐飞盖[3]，相与证前盟。

一舸松江月，昨宵千虑轻。

[1]感遇刘文学：南朝梁文学理论批评家刘勰（约465—约532年），写成《文心雕龙》五十篇，未为时流所重，欲取定于沈约。约时贵盛，无由自达，乃负其书，候约出，干之于车前……约便命取读，大重之。谓为深得文理，常存诸几案。此指自己受到郭宗熙的赏识。

[2]乞官阮步兵：阮籍（210—263年），三国魏文学家，字嗣宗，陈留尉氏（今河南）人。竹林七贤之一。司马懿命为从事中郎，封关内侯，徙散骑常侍。因天下多故，不与世事，以酣饮为常。司马昭引为大将从事中郎，籍闻步兵厨善酿，贮酒三百斛，求为步兵校尉，世称"阮步兵"。

[3]逐飞盖：指追随郭宗熙。

子　健

题澹堪《香雪寻诗图》　　外一首

先生高揖黄绮俦[1]，挂冠中岁还林丘[2]。

绕屋枣栗蔽云日，坐啸不知春与秋。

小楼岁晚北风急，雪花如掌扑帘入。

戛然一笑出门去，万树梅花落毡笠。

梅落梅开万事非，地老天荒花自肥。

土梗浮埃谁管得[3]，买山如图吾亦归。

[1]"先生"句：述成多禄景仰"商山四皓"夏黄公、绮里季等一类隐士。

[2]"挂冠"句：指成多禄三十六岁出山，先后入盛京将军依克唐阿、齐齐哈尔副都统程德全幕府主文案，以候选同知擢升首任绥化知府。三年挂冠而去。

[3]土梗：即土偶。《战国策·赵策》："土梗与木梗斗曰：'汝不如我，我乃土也。逢风雨坏沮，乃复归土；汝逢风雨，圯滥无所止。'"

虎豹九阍高莫攀[1]，诗人老去大江湾[2]。

开图对景已如梦，雪压草梅香满山。

[1]九阍：指九天之门。《旧唐书·韩思复传》："帝阍九重，涂（途）远千里。"

[2]"大江湾"句：民国四年，五十四岁的成澹堪居乌拉街（松花江畔）。

补和澹堪北山雅集

惊心鼙鼓江潮沸[1]，过眼羲娥鸟翼轻[2]。

山水偶来成小聚，壶觞同醉见平生。

诗怀古淡千年佛，人影苍茫一角城。

凫雁逍遥渺何有，暂陪吟啸晚风清。

[1]"惊心"句：指民国初年军阀割据纷争的局面。

[2]羲娥：羲和与嫦娥。指日月。韩愈《石鼓歌》："孔子西行不到秦，
掎摭星宿遗羲娥。"注："羲娥，日月也。羲和，日御；嫦娥，月御。"

润　斋

松江览古　二首

山城六月冷于秋，身外千毛一瞥收[1]。

华屋有人嬉燕幕[2]，大江无计划鸿沟[3]。

帝王树老飞龙杳[4]，犬鹿场荒化鹤游[5]。

明灭西崦天路迥[6]，惊尘谁与障东流[7]。

苍烟遥接旧神州，莫作新亭泣不休[8]。

涞水残碑风雪壮[9]，宁江故垒鸟花愁[10]。

孤舟凉月青杉泪，远岸斜阳白骨丘。

终古江山牛马走[11]，更谁书剑一囊收[12]。

[1]千毛：茂盛的草木。

[2]燕幕："燕巢幕上"的略语。比喻处境非常危险。丘迟《与

陈伯之书》："将军鱼游于沸鼎之中，燕巢于飞幕之上，不亦惑乎。"

　　[3]鸿沟：古运河名。约战国魏惠王十年（前360年）开通。楚汉相争时，曾划鸿沟为界，楚东汉西。

　　[4]帝王树：指龙潭山上一株桦树。《吉林通志》："东南林内有桦树一株，高九丈余，围二尺，上下标直，枝叶剪齐。乾隆十九年，高宗纯皇帝东巡，封为神树。"一般称之为帝王树。飞龙：指传说中龙潭之龙。

　　[5]犬鹿场：指小白山望祭殿前之养鹿场。

　　[6]西崦：指今甘肃省天水县西境之崦嵫山，古代常用来指日落的地方。亦所谓西方的极乐世界。

　　[7]"惊尘"句：指世道纷争，谁也不能阻止历史的发展。

　　[8]"莫作"句：《晋书·王导传》："过江人士，每至暇日，相要出新亭（在江宁县）饮宴，周颉中坐而叹曰：'风景不殊，举目有山河之异。'皆相视流涕，惟导愀然变色曰：'当共勠力王室，克复神州，何至作楚囚相对泣邪！'"

　　[9]涞水：县名。在河北省中部偏西，拒马河流域，邻接北京市。残碑：疑指咸丰十年（1860年），英法联军纵火焚毁圆明园所遗留的残迹。

　　[10]宁江：州名。辽清宁中置。治所在混同江（今吉林省扶余东石头城子）。金初废。1114年女真族阿骨打起兵攻辽，首先攻破此城。

　　[11]牛马走：旧时自谦之词。《文选·司马迁〈报任少卿书〉》："太史公牛马走。"李善注："走，犹仆也，言己为太史公掌牛马之仆，自谦之辞也。""终古江山牛马走"意思是人为终古江山掌牛马的仆人。

[12]此句意思是更不可能有谁凭着自己的文才武略把"终古江山"据为己有。

酌 笙

题澹堪同年《香雪寻诗图》卷

物求可入诗，人求可入画。

诗人之诗不待寻，天然之画无藻绘[1]。

成子生长鸡林国[2]，读书万卷发雄迈。

手持绿玉作狂歌[3]，九州放眼天地隘。

诗家例作苏州守[4]，兴到游山不张盖[5]。

朝入辟疆园[6]，夕过西施濑[7]。

白纻时偕越客吟[8]，红妆或与吴娃载[9]。

看完五岳却归来，压装惟有诗盈袋。

路逢佳士为写真，奇境要分天暗霭。

山寻邓尉追古欢[10]，人是逋仙散尘态[11]。

掉头不肯顾余子[12]，驻足差许望肩背。

再观此图三叹息，知君用意定有在。

此身藐尔在尘寰，此心倏然已世外。

行踪自笑楚接舆[13]，志节人疑卫荷蒉[14]。

吁嗟乎！

黄农虞夏忽已远[15]，以下无讥尽曹桧[16]。

我将把臂入深林，倘徉神游与君会。

[1]藻绘：比喻文彩。《文心雕龙·原道》："龙凤以藻绘呈瑞。"

［2］鸡林国：指吉林地方。

［3］绿玉：竹名。此指笔。

［4］例：援例。

［5］不张盖：不需要打开伞盖。即不讲排场。

［6］辟疆园：园名。在江苏省吴县。清初文学家冒襄（字辟疆）于明亡后隐居于此，不仕。

［7］西施濑：水名。春秋时西施曾在此浣纱。地在浙江诸暨。

［8］白纻：乐府歌曲名。为吴地的舞曲，即白纻舞歌。越客：指江浙一带的文人墨客。

［9］吴娃：指吴越一带的美女。

［10］邓尉：山名。在江苏省吴县西南，汉邓尉居于此，故名。前临太湖，湖中有一石，屹然而峙，若为邓尉屏障，风景极佳。邓尉山上多梅树，花时满山铺锦，曲径飞香，以此著称于世。

［11］逋仙：避世之隐者。

［12］余子：官名。《左传·宣公二年》："晋于是有公族、余子、公行。"杜预注："皆官名。"此句指成任绥化知府三年后挂冠而去。

［13］楚接舆：春秋时楚之隐者。《论语·微子》："楚狂接舆，歌而过孔子。"《疏》："接舆，楚人，姓陆名通，字接舆。昭王时，政令无常，乃被发佯狂，不仕，时人谓之楚狂。"

［14］卫荷蒉：《论语·宪问》："子击磬于卫，有荷蒉而过孔氏之门者。"指卫国的一个隐者。

［15］黄农虞夏：指传说中以上古时的黄帝、神农、虞舜、夏禹为代表的几个时代。

[16] 曹桧：指曹操与秦桧。后世常以曹操与秦桧为奸臣的代表。

艾 室

北山遇雨幸达寺阁呈先到诸公

山势云将合，羸车驱不前[1]。

巾履堕苍翠，草树争蹁跹。

循途寻故辙，缘涧闻幽泉。

远野带平郭，环展媚江烟。

却顾虑雨至，疾趋防步颠。

寺甍透微日[2]，望之心欣然。

入门径踞坐，清风来周旋。

[1] 羸车：破旧之车。

[2] 寺甍：寺庙的屋脊。

从非园散步山后得卧虎沟寓目野趣悠然释尘

穷幽讨山谷，移步形已殊。

直下一回首，杳然见浮图[1]。

潜行得村野，云日别有娱。

黍陇傍古木，菜畦接平芜。

趁人蝶纷飞，弄影禽相呼。

时闻流水声，来与微风俱。

窥井鉴华发，百忧为之舒。

佳境岂在远，滞化良云迂[2]。

陶潜乐观稼，吾愿为其徒。

[1]浮图：即浮屠，指佛塔。

[2]"滞化"句：指僵化的身心得到了舒展的机会。

北山联句[1]

郊埛浥微雨[2]，策马更看山。

有酒销长夏，无花媵醉颜[3]。

出冰能解愠，枕石且支顽[4]。

俯瞰江横练，平瞻岭迭鬟。

笙歌天半落，棋局却余闲。

赴壑疑蛇影，停云隐豹斑。

午烟茶鼎活，斜日戍旗殷。

寺古松如盖，墙低草似鬟。

晚霞明旧垒，疏磬度禅关。

椰栗扶愈健，枌榆泽未悭[5]。

万方忧乐意，吟望共迟还。

[1]联句：旧时作诗方式之一。两人或多人共作一诗，相联成篇。始于汉武帝时《柏梁台诗》，初无定式，有一人一句一韵，两句一韵乃至两句以上者，依次而下。后来习用一人出上句，续者须对成一联，再出上句，轮流相继。本诗前三句由颐庵开始，往后每隔二句分别为非园、睡石、子健、艾室、酌笙、棹渔、润斋、未丹、澹堪所联。

[2]郊埛：郊外遥远的地方。

[3]媵（yìng）：致送；相送。

［4］支顽：支持疲惫的身躯。

［5］悭（qiān）：欠缺。

酌 笙

和澹堪北山书感

碧岑高处涌楼台，飞阁曾轩四面开[1]。

云隙日光随雨下，檐边江气上山来。

玉堂钤锁文章伯[2]，大纛高牙幕府才[3]。

物我忘情乐胞与[4]，青霄芝盖几徘徊。

［1］曾：高举貌。

［2］"玉堂"句：喻成多禄在官署掌管文案，是文章老手。钤（qián）：盖印。文章伯：文豪。

［3］幕府：军队出征，施用帐幕，所以古代将军的府署称"幕府"。幕府才：指成澹堪是黑龙江将军程德全幕府中的辅佐良才。

［4］胞与：指同袍；同事。

和非园闻寺檐鸣虫

日入招提境[1]，松梢林籁生[2]。

旷怀输酒债，高垒握棋兵。

尔我知鱼乐[3]，行藏与鹤盟。

频来幽兴熟，自觉鲁鞋轻[4]。

［1］招提：梵语，谓四方。四方之僧为招提僧，四方僧所住之处为招提僧坊。此指吉林北山寺庙。

[2]籁（lài）：天然声音。

[3]"尔我"句：用庄子与惠子在濠梁上对话的故事。庄子曰："鲦鱼出游从容，是鱼之乐也。"惠子曰："子非鱼，安知鱼之乐？"庄子曰："子非我，安知我不知鱼之乐？"惠子曰："我非子，固不知子矣，子固非鱼也，子之不知鱼之乐全矣。"

[4]鲁鞋：即鲁风鞋。《清异录》：唐宣宗令做孔子履，制风鞋，宰相诸王，微杀其式，呼为"遵王屦"。

和睡石立秋先四日雨后集北山韵

民事焦劳日，非关玩物游。

寸肤足霖雨[1]，万井起歌讴。

渚静凫依藻，天空鹤献筹。

皋陶同在泮[2]，和霭不知秋。

[1]寸肤：指一寸深的地皮。

[2]皋陶：传说中舜的贤臣，掌刑狱之事。泮：西周诸侯所设的大学名"泮宫"。此句指作者与成多禄同年游泮。

睡　石

和澹堪北山书感韵

振衣出入岩峦表，又得浮生笑口开。

山势横天催雨至，禽声隔树唤人来。

逍遥共说滇南梦[1]，吟啸重逢邺下才[2]。

小草有香松有荫，塞云落落足徘徊。

［1］溟南：海南。溟：海。

［2］邺下才：指战国魏文侯时邺（今河北临漳县西南邺镇）令西门豹。豹曾在此破除"河伯娶妇"的迷信，并凿水渠十二条，引漳水灌溉，改良土壤，以发展农业生产，为后世所称许。作者引以指称郭宗熙。

颐　庵

和澹堪北山书感韵

南阳坐啸相知少[1]，北海清尊一笔开[2]。

龙挟飞云催雨至，雁随长笛渡江来。

腥臊黑水忧边郡[3]，禾黍青郊感霸才[4]。

小阁高寒瞻斗极[5]，天心冥漠重低徊[6]。

［1］南阳：地名。在河南省南阳市西南，卧龙岗武侯祠内有诸葛楼，为孔明出山前隐居之处。

［2］北海：孔融（153—208年），汉末文学家。字文举，鲁国（今山东曲阜）人。曾任北海相，时称"孔北海"。为人恃才负气，好交贤士。所作诗文，锋利简洁，多讽嘲之词，为曹操所忌，被杀。为建安七子之一。

［2］腥臊：指沙俄帝国主义侵略我国东北边境所犯下的血腥罪行。

［4］"禾黍"句：指寄希望于卫国保民的王霸之才。

［5］斗极：指北斗和北极二星座。此指理想的领导者。

［6］天心：犹如说"天意"。冥漠：模糊不清，即难于捉摸之意。

和艾室从非园散步后山得卧虎沟韵

城中苦歊蒸[1]，入山便觉殊。

白云忽远近，晻暧若披图。

飞阁负山出，临眺足清娱。

墙荫护碧萝，林影交青芜。

余芳淡可撷，众鸟欢相呼。

钟鱼动幽森[2]，乃与吟客俱。

阪峻足逾健[3]，昼静心更舒。

物我适所适，离群叹己迂。

虎卧兹不闻，采藿从吾徒。

[1]歊（xiāo）蒸：热气上升。

[2]钟鱼：钟磬和木鱼，指寺院撞钟之木，借指钟声。寺庙里和尚念经时敲打的法器。

[3]阪峻：高陡的山坡。

短歌和酌笙北山吟韵[1]

山花自开落，暝坐觉悠然。

箫声送凉意，空翠欲浮天。

北窗续残梦，栩栩态如颠。

千里怀佳人，对月咏婵娟[2]。

[1]短歌：抒情诗歌。有有韵和无韵之分。特点是情感热烈，组织复杂，构思庄重。

松江修暇集

〔2〕婵娟：色态美好。

子 健

和澹堪北山书感

吾生逐化无多日[1]，千载昙花偶一开。

面壁达摩了真妄[2]，瞻衡元亮未归来[3]。

忘机鱼鸟成佳侣，乱世风云起壮才。

便待澄清事粗了[4]，丹霄鹤羽共徘徊[5]。

〔1〕逐化：离开人世。即死去。

〔2〕达摩：梁高僧名。禅宗东土之初祖。梁大通元年泛海广州，武帝遣使迎至建业，语不投机，遂渡江之魏，入少林寺，面壁九年，后师慧可，不久入寂。唐代宋时谥曰"圆觉大师"。真妄：世俗杂念。

〔3〕瞻衡：探幽。衡，古作"奥"。此句意为探幽的陶元亮尚未赋《归去来辞》。

〔4〕澄清事：指致力于天下太平之事。

〔5〕丹霄：红霞之天空。鹤羽：指仙鹤，即神仙。

立秋日书怀用前韵

终日簿书愁鞅掌[1]，　新秋郊野暂徘徊。

日涵江渚群龙睡[2]，　雨过云山万马来。

避地仲宣空有赋[3]，　登车孟博岂无才[4]。

沉吟山隰枢榆意[5]，　眼见他人筚路开[6]。

[1]簿书：官府文书之总称。鞅掌：烦劳。《诗·小雅·北山》："或王事鞅掌。"

[2]群龙睡：指水波不兴。

[3]仲宣：王粲，东汉末年人，字仲宣。汉末避乱荆州，依刘表，意不自得，作《登楼赋》。

[4]孟博：范滂，东汉征羌人，字孟博。桓帝时，冀州盗起，乃以滂为清诏使，案察之。滂登车揽辔，慨然有澄清天下之志。后以事为宦官所怒，诬言钩党，滂坐系狱，事释得归。

[5]隰（xí）：低湿之地。枢榆：刺榆和榆。枢：刺榆。

[6]筚路：柴门。此指山路。

和非园闻寺檐鸣虫

万窍触风鸣，张筵意兴生。

寒瓜发肌粟[1]，美酒偃心兵[2]。

棋局方酣战，诗坛欲劫盟[3]。

从容整归辔，旧路马蹄轻。

[1]寒瓜：西瓜之别名。肌粟：俗称"肌皮疙瘩"。

[2]心兵：意指忙乱的心情。

[3]劫盟：用强力胁迫别人与己订盟。《左传·哀公一六年》："大子使五人舆豭从己，劫公而强盟之。"豭，公猪。

和睡石立秋先四日雨后集北山韵

江城逢暇日，寻胜复同游。

有愧青云器[1]，难为白雪讴[2]。

参禅诗喻偈[3]，得友酒添筹[4]。

合坐静无语，山深六月秋。

[1]青云：指高官显爵。

[2]白雪：古代楚国歌曲名，"阳春白雪"的省语。宋玉《对楚王问》："客有歌于郢中者，其始曰下里巴人，国中属而和者数千人……其为阳春白雪，国中属而和者不过数十人。"后用以指高深的、不通俗的文学艺术作品。

[3]参禅：佛家禅宗的修行方法。即习禅者为求开悟，向各处禅师参学之意。喻：通晓。偈：指佛家的一种偈语，或三字，或四字为一句，每四句为一偈，大都是一种发人深思的寓言。

[4]筹：此指酒的数量。

润　斋

和非园闻寺檐鸣虫韵

空谷足音重，天黥息养生[1]。

松风答幽籁[2]，山鸟订前盟。

隔座闻棋劫[3]，分曹行酒兵[4]。

林梢声渐起，一叶悟身轻。

[1]天黥："黥"乃"古代在人脸刺字并涂墨之刑"，后释"天黥"指天空的黑云块。

［2］幽籁：清越的韵律。

［3］棋劫：指对弈。

［4］分曹：两人一对为"曹"。分曹，即分成若干对。酒兵：古人谓酒能消愁，象兵能克敌，因称酒为"酒兵。"

步睡石立秋先四日雨后集北山韵

看山时载酒，客意淡于秋。

禾黍欣云覆，儿童竞水讴。

登楼聊作赋，靖国孰纤筹[1]。

坐静忘修晷[2]，吾怀与古游。

［1］靖国：使国家安定。

［2］修晷：指天气长。晷（guǐ）：日影。时间。

步澹堪北山书感韵

晴岚苍翠真如画，三五素心相往来[1]。

雨洗阶苔得幽径，山空庙柏老遗才[2]。

宁回式俗乡关近[3]，　韩孟联吟乐府开[4]。

为报广寒秋讯至[5]，　孤城落日且徘徊。

［1］素心：指心地洁白。

［2］老遗才：作者等人自喻。

［3］式：语助词。

［4］韩孟：指唐后期诗人韩愈与孟郊。自元结、顾况继承陈子昂、

杜甫的现实主义创作原则以来，在元稹、白居易等倡导"新乐府"运动的过程中，以韩愈、孟郊为代表的走"奇险冷僻"途径的诗人，形成了从作风上说，正与"元白"一派相对立的"韩孟诗派"，给后世诗歌以重大影响。

［5］广寒：月中宫殿。《开元天宝遗事》："唐明皇游月宫，见天府，榜曰'广寒清虚府'，素娥十余人，皓衣乘白鸾舞于桂城下。"

棹 渔

登北山遇雨次澹堪韵呈颐庵节使　二首

强扶残醉自登台，独立苍茫宿抱开[1]。

宿雾沉山穿树出，惊风挟雨过江来。

杜陵尚作诸侯客[2]，阮瑀殊惭幕府才[3]。

满眼沧桑成小劫，倚栏北望苦低徊。

愁肠使酒偏先醉，老眼看花亦倦开。

大好江山容我寄，最难风雨遇君来。

诗人自合为边帅[4]，词客何缘感霸才。

白草黄云秋色冷，遥天雁影尚迟徊。

［1］宿抱：平时的愿望。

［2］杜陵：杜甫，襄阳人，字子美。居杜陵，自称"杜陵布衣"，又称"少陵野老"。少贫，举进士不第。玄宗时以献赋待制集贤院。肃宗时拜右拾遗，后出为华州司功参军，弃官客秦州，流落剑南，依严武为检校工部员外郎。

［3］阮瑀：东汉末年尉氏人，字元瑜。工文章，为建安七子之一。事曹操，与陈琳同管记室。军国书檄，多为琳、瑀所作。常作书与韩遂，于马上立就，操不能更改一字。

［4］边帅：指郭宗熙。下句"霸才"同此。

和非园寺檐鸣虫

西风吹断梦，孤枕晚凉生。

绝塞难为客，潢池尚弄兵[1]。

万方正多难，三径未寒盟。

莫作悲秋赋，文人自古轻，

劳生吾尚在[2]，萧瑟感平生。

韩愈如村叟[3]，萧公是骑兵[4]。

愁随寒云去，心与白鸥盟。

爱泛松江水，扁舟一叶轻。

［1］潢池句：指战乱未止。《汉书·龚遂传》："遂对曰：'海濒遐远，不沾圣化，其民困于饥寒，而吏不恤，故使陛下赤子，盗弄陛下之兵于潢池中耳。'"潢池，即天潢，本星名，转义为天子之池，或国内。

［2］劳生：辛劳的一生。杜甫《陪章留后惠义寺钱嘉州崔都督赴州》诗："劳生共几何？离恨兼相仍。"

［3］韩愈：见《步澹堪北山书惑韵》注［4］。

［4］萧公：即萧何。汉沛人。结高祖微时，从起兵，高祖为汉王，以何为丞相。高祖即位，论功第一，封为酂侯。

补和非园第一集北山纪事韵

醉乡广大许君游，病国无医何日瘳[1]。

欲上新亭挥泪望，神山涌起海东头[2]。

[1]病国句：国家多难，无良医救治，何时能好呢？

[2]神山：指北山，因作者病身，无力登上最高处，故视之为神山。

和睡石立秋先四日雨后集北山韵

咫尺登临地，聊为汗漫游[1]。

入山闻梵唱[2]，隔水听渔讴。

赠我愁千斛，输君酒一筹。

凉风振林壑，盛夏宛深秋。

[1]汗漫游：放浪不羁，无拘无束之游。

[2]梵唱：佛家语。诵读佛经之音。陆龟蒙《奉和袭美伤史拱山人诗》："逋客预斋还梵唱，老猿窥祭亦悲吟。"

补和酌笙第一集韵[1]

萝径通禅寺，行行一怅然。

松风清四座，花雨散诸天。

善病同摩诘[2]，清狂过米颠[3]。

独怜林际月，曾共照婵娟。

[1]指第一集中《北山吟呈颐庵节使暨同游诸君》。

[2]摩诘：王维，唐诗人、画家，字摩诘。

［3］米颠：米芾，北宋书画家。因举止"颠狂"，人称"米颠"。

润斋

再和澹堪北山书感韵

层峦叠嶂云深处，邺下词人去又来[1]。

崎路稳持征马力，高冈待起卧龙才[2]。

江通海气梯航辏[3]，山啸边风甲杖开[4]。

回首京华云月迥，倚楼长啸且低徊。

［1］邺下词人：参见睡石《和澹堪北山书感韵》注［2］。邺下句，指当时郭宗熙治下吉林。词人：指成澹堪。

［2］卧龙：旧时多用以比喻隐居的俊杰。《三国志·蜀志·诸葛亮传》："［徐庶］谓先主曰：'诸葛孔明者，卧龙也，将军岂愿见之乎？'"此指成澹堪。

［3］江通句：指松花江，发源于长白山天池，经吉林城至黑龙江省同江县，汇黑龙江注入鞑靼海峡。从吉林市以下可通航。

［4］甲杖：喻吉林周围诸山如兵士执杖卫护。

澹堪

和非园寺檐鸣虫韵

孤雨照廊鸣[1]，间寮诗意生[2]。

饥肠出奇句，残局斗危兵。

山果静还落，野鸥闲与盟。

晚凉趁归路，稍觉葛衣轻[3]。

［1］孤雨：冷雨。

［2］间寮：闲房内。寮：小屋。

［3］葛衣：粗布衣。

颐 庵

同 前 题

泉流瀄瀄鸣[1]，哦对似崔生。

诗淡有禅意[2]，愁来仗酒兵。

圃农差可学[3]，猿鹤肯渝盟。

共喻此中意，一身尘外轻。

［1］瀄瀄（guó guó）：水流声。

［2］禅意：佛家清静寂寞的意境。

［3］作者自注："睡石约游江南农场。"江南农场，即江南农事试验场，在今吉林市江南公园。

睡 石

立秋日坐雨用非园寺檐闻虫韵[1]

片雨隔江鸣，庭坳秋意生[2]。

穿廊蛙抱鼓，破阵蚁收兵。

天籁随风活，吾心与水盟。

纷纷挂尘纲，对此一毛轻。

［1］坐雨：因雨。

［2］庭坳：庭院中深洼之处。

第三集

颐　庵

立秋后四日从同社诸君渡江口占二绝

未尽游山意，苍茫入梦中。

松花一夜落，江上起秋风。

秋风吹白云，直到天低处。

一棹晓横江，诗人自来去。

子　健

大水渡江寻秋农场，颐庵节使先有诗，即用诗中"一棹晓横江，诗人自来去"十字分韵，得"一"字

古渡逗轻舸，佳游随六一[1]。

十日雨悬江，一晴远山密[2]。

田禾交午风[3]，岸草净如栉[4]。

农圃对青郭[5]，墙头出枣栗。

新秋信足娱，孤亭可抱膝。

俯仰斯须问，浮云悟得失。

[1]六一：北宋文学家、史学家欧阳修，字永叔，号醉翁、六一居士。被谪为滁州太守时，在琅琊山修一亭，名"醉翁亭"，作《醉翁亭记》。文中描述山中景色之美和宾主游宴之乐，表现了寄情山水的志趣和与民同乐的思想。此诗引以喻郭宗熙。

[2]密：近。

[3]午风：即旋风。午，纵横相交。《仪礼·特牲馈食礼》："午割之。"郑玄注："午割，纵横割之。"

[4]栉：(zhì)，梳头发。《礼记·曲礼上》："父母有疾，冠者不栉。"

[5]郭：外城。

润　斋

分得"棹"字（"晓"字韵见"诗余"）

新涨浮远天，潇洒吟孤棹。

隔岸接苍烟，农圃播邦教。

豆蔓引黍苗，区田可则傚。

从知稼穑艰，庶几民事乐。

行行意且迟，如游古乡校[1]。

穿檐闻虫唧，百年随梦觉。

何必忆莼鲈[2]，秋江回短桡。

返路缘兼葭，日色轻云罩。

[1]乡校：学宫名。《左传·襄公三十一年》："郑人游于乡校，以论执政。"

[2]莼鲈：《晋书·张翰传》："翰因见秋风起，乃思吴中菰菜、莼羹、鲈鱼脍，曰：'人生贵得适志，何能羁宦数千里，以要名爵乎？'遂命驾而归。"后因称思乡之情为"莼鲈之思"。

艾 室

分得"横"字

乳燕下平郭，秋江一笑横。

潮低风掠影，云压树腾声。

回渚荡舟入[1]，荒郊送马鸣。

耐吟瓜豆圃，栩栩蝶身轻。

[1]回渚：回绕小沙洲。

睡 石

分得"江"字

苦雨酣秋意，呼晴且渡江。

汀莎深汲艇，山树淡横窗。

雁阵涵秋影，渔歌弄晚腔。

种瓜人共话，尘念一时降。

酌 笙

分得"诗"字

节序有变态，幽赏无尽时。

丘壑虽云美，不如胸中奇。

佳境纱何许，望望江之湄。

涵虚驾飞舸，万顷仍涟漪。

柔条解迎人，老树无丑枝。

俯仰玳瑁天[1]，绚烂锦绣堆。

花间得一亭，好山张四围。

意外惬所遇，悲喜不自知。

方苦夏日炎，秋来谁与期。

何以永嘉会，戛然鸣吾诗[2]。

[1] 玳瑁天：天空有似玳瑁背面褐色和淡黄色相间花纹覆瓦状排列的云。玳瑁：爬行纲，海龟科。卵可食，角质板可制各种装饰品。

[2] 戛然：响声。

颐 庵

分得"人"字

看山悟静机，鉴水息劳尘。

一往得超旷，苍然生白苹。

灵风自夷犹[1]，弄楫波粼粼。

芳皋接艺圃[2]，早秋如晚春。

观稼悦陶潜[3]，闲游问卢钧[4]。

秋草车马去，但恐迹已陈。

稷契存诗怀[5]，吟啸无古人[6]。

松江寄所思，宁必忆鲈莼[7]。

[1]夷犹：从容的样子。

[2]芳皋：青草甸子。

[3]陶潜：见《从非园散步山后得卧虎沟寓目野趣悠然释尘》注。

[4]卢钧：唐范阳人，字子和。元和进士。为人廉洁清正。

[5]稷契：稷，后稷。古代周族的始祖。神话传说有邰氏之女姜原踏巨人脚迹，怀孕而生，因一度被弃又名"弃"。善于种植各种粮食作物，曾在尧舜时代做农官，教民耕种。契，传说商的始祖，帝喾之子，母为简狄。曾助禹治水有功，被舜任为司徒，掌管教化。

[6]吟啸句：见《松江修暇社启》注[49]。

[7]鲈莼：见润斋《分得"棹"字》注[2]。

澹　堪

分得"自"字

冲晓棹叶舟，秋色背人至。

诗影动遥天，颇得微茫意。

放闲适农圃，餐秋先一试。

方愁秋雨深，雁声尔奚自。

非园

分得"来"字

积雨将告潦，呼晴来未来。

绝江事幽讨[1]，入坐摅奇恢。

分韵依新句，催诗扬酒杯。

夹途水曲柳，半亩苦麻薹[2]。

园小花竞媚，亭偏蹊欲苔。

浮生有俄顷，去去复徘徊。

[1]绝江：过江。幽讨：寻幽访胜。

[2]苦麻：麻类中一种。

棹渔

分得"去"字

飞盖出南郊，扬舲泛北渚。

遥峰蔽平芜，中流回孤屿。

开轩面桑麻，劝耕艺禾黍。

嘉卉被芳畦，闲云抱幽墅。

使君勤观稼[1]，政平百废举。

时雨润德音，清风涤烦暑。

披榛识修途，携榼偕素侣[2]。

雾掩山光靓，树挟江声去。

胜游倘可常，离忧慰羁旅。

［1］使君：指郭宗熙。

［2］榼：古代盛酒或贮水的器具。素侣：指知心朋友。

非 园

秋集农场先占一首

恒言持达观，忽忽有不乐。

天地何时枯，人事千万恶。

佛意竟欲无[1]，道亦说解脱[2]。

苦与群理违，孔乃剂以药[3]。

绵历二千载，药在病不削。

何物达尔文[4]，公言强肉弱。

联战起欧陆[5]，环球为震烁。

其故盖无他，生计使相薄[6]。

安得一穗黍，结实恒沙勺[7]。

一穗活一人，一年尽绰绰。

饱日宜鲜争，庶几反怀葛[8]。

江南置农场，此意得其略。

芍药大如斗，番莲艳如灼。

平芜蔽远山，新涨穿废阁。

行吟得高会，并坐动秋酌。

一醉我已足，不问人饥渴。

［1］佛意句：佛教说一切均是空幻，认为"四大皆空"。按：佛教以无常和缘起思想反对婆罗门的"梵天创世说"，具有一定进步意义。

所谓"无常"，是指世间一切事物，都处在生起、变异、坏灭的过程中，迁流不停，绝无常住性。

〔2〕道亦说解脱：道家也主张解脱尘俗，羽化成仙。按：道教是以先秦老子、庄子关于"道"的学说为中心的学术派别。其学说内容，以老庄的自然天道观为主，强调人们的思想行为应效法"道"的"生而不有，为而不恃，长而不宰"；政治上主张"无为而治""不尚贤，使民不争"；伦理上主张"绝仁弃义"，以为"夫礼者忠信之薄而乱之首"。

〔3〕孔：孔丘。代表儒家。

〔4〕达尔文：（1809—1882年），英国博物学家，进化论的奠基人。其理论为，生物在进化的过程中，通过变异、遗传和自然选择，由低级到高级，从简单到复杂，种类由少到多的规律发展。以此观点应用到人类社会的发展则是弱肉强食，国与国之间亦是如此。

〔5〕联战：指第一次世界大战。1914—1918年，帝国主义国家两大集团为重新瓜分世界而进行的战争。

〔6〕薄：侵入。

〔7〕恒沙勺："恒河沙数"之省变，喻多到无法计算。沙，细小沙粒。勺，《说文》："挹取也。"

〔8〕怀葛：安于粗布之衣。怀，安。《诗·邶风·雄雉》："我之怀矣。"《笺》："怀，安也。"葛，葛麻。

润斋

敬步颐庵节使立秋后四日渡江韵二绝

吟眺托芳圃，亭台晓望中。

昨宵江上雨，一夜渡秋风。

倚槛望江南，故乡缈何处？

年年秋雁飞，莫带秋心去。

艾室

古意和非园秋集农场先占一首

缅邈混沌始[1]，蠢蠢无哀乐[2]。

自尔判形气[3]，见美或见恶[4]。

真宰一以郁[5]，群喙争通脱[6]。

无滤百十流[7]，取可互为药。

谓必尚仁义，鲁礼何滋削[8]。

谓在竟功利，齐大后亦弱[9]。

驭世靡定法，持说殊闪烁[10]。

治乱殆循环，有厚即有薄。

杀机方燎原[11]，扑灭非箪勺[12]。

弭争在各饱，性量良宽绰[13]。

天无分西东，时尽惬裘葛[14]。

此愿会当偿，匪徒存其略。

静观神独颐[15]，知真见乃灼。

农圃劝耕藉，宁须夯台阁[16]。

秋祈满篝车，郊游事觞酌。

君固未尝醉，忧世害饥渴。

［1］缅邈：长远貌，有瞻望弗及之意。潘岳《寡妇赋》："遥逝兮逾远，缅邈兮长乖。"

［2］蠢蠢（chǔn chǔn）：动乱貌。

［3］形气：同"形神"。中国哲学中的一对范畴。指形体和精神的关系。《荀子·天论》："形具而神生，好恶喜怒哀乐藏焉。"

［4］见美或见恶：指出现了美丑善恶。

［5］真宰：指所谓的造物主。此句意为：真理混杂为一体。

［6］群喙：众口之言。通脱：放荡不羁，不受约束。

［7］百十流：指各种学说或主张。

［8］鲁礼：鲁国之礼。指孔子所制之礼乐制度。

［9］齐大后亦弱：指春秋时期齐国是个大国，管仲事齐桓公为相，通货集财，富国强兵，奉行功利主义，而后来也被削弱了。

［10］持说殊闪灼：指说的冠冕堂皇。

［11］杀机方燎原：指当时军阀混战，遍地烽火。

［12］箪勺：一箪帚和一小勺。

［13］性量良宽绰：指性情好度量大。

［14］裘葛：裘，冬天毛皮衣。葛，夏天葛布衣。

［15］静观句：冷眼观察世事。神志清醒。

［16］夯（zhà）：开。

和颐庵节使寻秋农场"人"字韵

驾言涉江渚[1]，荡空浮积尘。

鼓枻乱新涨[2]，隈迟缘秋苹[3]。

芳洲媚郊囿[4]，水树相斒斓[5]。

雨洗众绿出，如行江南春。

日时变凉燠[6]，兹意存大钧[7]。

二气俟调摄[8]，五行忧汩陈[9]。

使君布邦教，结念关天人。

聊携谢安屐[10]，释怀张翰莼[11]。

[1] 驾言：驾，驾车。言，语中助词。

[2] 枻：(yì)，指船舷。《楚辞·湘君》："桂棹兮兰枻。"王逸注："枻，船旁板也。"

[3] 隈迟：在水曲之处缓行。

[4] 芳洲：花草甸子。

[5] 斒(bān)斓：光彩辉映。

[6] 燠(yù)：暖。

[7] 大钧：天，大自然。钧：古代做陶器的转轮。大自然制造物，如转轮可造各种陶器，故称"大钧"。

[8] 二气：阴阳二气。调摄：调和。

[9] 五行：指木、火、土、金、水五种物质。中国古代思想家企图用日常生活中习见的这五种物质来说明世界万物的起源和多样性的统一。汩(gǔ)陈：《尚书·洪范》："汩陈其五行。"《传》："汩，乱也。"

《疏》："言五行陈列皆乱也。"

[10]谢安屐：应为谢公屐。南朝宋诗人谢灵运游山时常穿的一种有齿的木屐。上山时去掉前齿，下山时去掉后齿。李白《梦游天姥吟留别》："脚著谢公屐，身登青云梯。"

[11]张翰莼：见润斋《分得"棹"字》注[2]。

睡　石

和颐庵渡江韵二截[1]

秋风气相搏，回翔阴雨中。

良游望江晓，万木已西风。

一舸弄新涨，往来无定处。

好风苹末生[2]，送我江南去。

[1]截：同"绝"，即绝句。

[2]末：尽头。此指远处。

归舟晚眺再次前韵

鼓棹中流去，云山似剡中[1]。

偶逢新旧雨[2]，不问去来风[3]。

山雨忽欲来，江流杳何处。

万壑松风哀[4]，孤云自来去[5]。

[1]剡中：即古剡县，故城在今浙江嵊县西南。李白《秋下荆门》：

"此行不为鲈鱼鲙，自爱名山入剡中。"

[2]新旧雨：新老朋友。杜甫《秋述》："常时车马之客，旧，雨来；今，雨不来。"谓旧时宾客遇雨也来，而现在宾客遇雨就不来了。辛弃疾《雨中花慢·登新楼有怀》词："旧雨常来，今雨不来，佳人偃蹇谁留？"后以"旧雨"为老朋友的代称，"今雨"即"新雨"，指新交。

[3]去来风：双关语。一指风向，即客观环境，又指《归去来辞》篇。

[4]万壑句：喻当时国家形势。

[5]孤云句：指作者自己。

和非园秋集农场韵

平子咏四愁[1]，启期哆三乐[2]。

尧舜同步趋[3]，荀孟争善恶[4]。

自非善知识，讵能大解脱。

学道忘肉味[5]，医国蓄良药[6]。

天人有至理[7]，化工忌镌削[8]。

不闻拙胜巧，坐视强食弱。

但令内美充，何惧外物烁[9]。

世方竞功利，风习日已薄。

真宰在方寸[10]，群慝自箫勺[11]。

晋楚平向戌[12]，滕薛窘孟绰[13]。

江左思夷吾[14]，南阳起诸葛[15]。

卓哉瞿非园，夙通王霸略。

名德轶时彦[16]，文采何丽灼。

游暇观农郊，谈艺敞轩阁。

浩叹发古愁，深心托孤酌。

窃笑臣朔饥[17]，愿疗相如渴[18]。

[1]平子：张衡，东汉西鄂人，字平子。善属文。曾作《四愁诗》，表现对国事的关怀和忧虑。

[2]启期句：《列子·天瑞》："孔子游泰山，见荣启期行乎郕之野，鹿裘带索，鼓而歌。孔子问曰：'先生何以为乐？'对曰：'吾乐甚多，天生万物，唯人为贵，而吾得为人，是一乐也；男贵女贱，吾得为男，二乐也；人有不见日月，不免襁褓者，吾年九十，是三乐也。'"

[3]尧舜句：舜紧跟尧，合作很好。

[4]荀孟句：指荀卿与孟轲。荀卿主张人性恶，孟轲主张人性善。

[5]学道句：做学问求真理必须专心致志，像孔子那样，"三月不知肉味。"

[6]医国句：指治理国家必须培养和拥有很好的人才，如同行医必须有大量的良药。

[7]天人句：指能识大自然和人类社会的变化的人掌握有真理。

[8]化工：指大自然。《文选·贾谊·鹏鸟赋》："天地为炉兮，造化为工。"镌削：即人工雕琢。

[9]外物烁：指客观影响。

[10]方寸：心。

[11]群慝：指众邪恶。箫勺：两种乐器名。指吹弹歌舞。

[12]晋楚：春秋时的晋、楚两国。向戌：春秋时宋国的执政，宋桓公的曾孙。官左师，封于台，宋平公三十年（前546年），晋楚

两国矛盾尖锐，意欲讲和。戌奔走拉拢晋国赵武、楚国令尹子兰，并约十余国在宋开"弭兵"大会，使晋楚两国暂时妥协，取得同等霸权。

［13］滕薛：春秋时两个小国。窘孟绰：故事未详。

［14］江左句：江左之人思念管夷吾。江左夷吾：春秋齐管仲，名夷吾。《晋书·温峤传》："元帝初镇江左，于时草创，纲维未举，峤殊以为忧，及见王导共谈，欢然曰：'江左有管夷吾，吾复何虑。'"

［15］南阳：见颐庵《和澹堪北山书感韵》注［1］。

［16］轶：后车超前车。时彦：指当今名士。

［17］臣朔饥：汉武帝社日赐从官肉，大官未至，朔割肉而归，帝令自责，曰："归遗细君。"细君，东方朔之妻。

［18］相如渴：汉司马相如，有消渴病，与文君婚，疾更甚。消渴疾：中医学病名，患者口渴、易饥、尿多、消瘦。即糖尿病。

第四集

是集为七夕后二日，颐庵招要同人从船厂北岸登舟往游尼什哈山，风景满目，拈题限韵，各有所赋。兹以韵次编录之。

睡 石

舟中望小白山[1]　东韵

松江丽云日，清旷如南中[2]。

平林左右蔚，原野郁青葱。

小山胜丘壑，远与长白通[3]。

龙兴寓王迹[4]，柴望春秋隆[5]。

昭事二百余，艰能同岐丰[6]。

一旦存运命[7]，化为荆棘丛。

层阴覆大泽，元化乘太空[8]。

使君爱宾客，言游东郭东。

雨余驾飞舠，柳岸乘晓风。

登舟一回首，草木弥故宫^[9]。

古今兴亡局，飘忽如转蓬。

何如歌且饮，笑傲凌苍穹。

掬水当浮白^[10]，醉看江上枫。

［1］小白山：即温德恩，又名温德亨山，又名望祭山。城西南九里，每岁春秋于山上望祭长白山之神，雍正十一年，建望祭殿于此。今已无存。

［2］南中：指中国南方。

［3］长白：即长白山。详见《松江修暇社启》注［20］。

［4］龙兴句：指长白山为清朝发祥地。

［5］柴望：指燃烧簿火望祭长白山。隆：指每年春秋二季望祭长白山的隆重祭典。

［6］岐丰：岐，在今陕西岐山县东北。周族古公亶父医受戎狄威逼，自豳迁于岐山下周原，筑城郭居室，作邑以居四方来归之民。丰，指丰京，与镐京同为周国都，在今陕西西安市长安区西北。周文王伐崇侯虎后，自岐迁此。

［7］一旦句：指满清入关继承统治中国大统之后。

［8］元化：大自然之运化。

［9］故宫：指小白山上望祭殿。

［10］浮白：《说苑·善说》："魏文侯与大夫饮酒，使公乘不仁为觞政，曰：'饮（而）不釂者，浮以大白。'"本谓罚酒，后来转称满饮一大杯酒为一大白。

棹 渔

舟过团山微雨^[1]

冬韵

孟秋气始肃，佳游攀故踪。

飞轮下江濑，突兀见遥峰^[2]。

微雨洗岚黛，疏草带雾浓。

叠巘似战垒，澄潭收天容^[3]。

故国问高丽，流俗占村农^[4]。

陵谷靡贞宅^[5]，孰云王气钟^[6]。

悠悠辨亡论，感念良寡悰^[7]。

持谢素心侣，幽栖吾将从。

[1]团山：吉林市以东五六里，俗称"东团山"。

[2]突兀：高耸突出貌。

[3]收天容：指天空晴朗映入潭中。

[4]作者自注："土人名团山为高丽城，云可占晴雨。"

[5]陵谷：《诗·小雅·十月之交》："高岸为谷，深谷为陵。"本用以比喻君子处在下位，小人反居上位。后用以比喻世事变迁，高下易位。靡贞宅：华丽的宫殿已倾塌。

[6]王气钟：王气所聚。人称东团山和山麓的古平地城为古夫余国城。

[7]悰：指欢乐的心情。谢朓《游东田》诗："戚戚苦无悰，携手共行乐。"

麓樵廖楚璜

泊尼什哈山麓渡口　江韵

天门遥望插峰双[1]，为看名山一系舣[2]。

到耳幽簧出深谷，回头匹练抹长江。

高秋雕鹗闲无赖，大壑龙蛇意未降。

更向澄潭访神树[3]，阅人憔悴影幢幢[4]。

[1]作者自注："渡口在尼什哈南天门下，远望双峰壁立。"

[2]舣：小船。

[3]神树：见《松江览古》注[4]。

[4]幢幢：晃动貌。元稹《闻乐天授江州司马》诗："残灯无焰影幢幢，此夕闻君谪九江。"

湘梅范璟荣

龙　潭[1]　微韵

说雨说晴事已非，空明云水认依稀。

息尘人境山容静，倒影天池日色微[2]。

鳞爪耐经沧海变，风烟疑护鼎湖归[3]。

沉吟潭畔浑无奈，傍晚樵歌送落晖。

[1]龙潭：在吉林市东松花江畔龙潭山上。周围二百余米，深数十米，水色碧绿，古树掩映，景色极佳，为龙潭山之一胜景。

[2]天池：因龙潭在龙潭山上，故云。

[3]鼎湖：古代传说黄帝乘龙升天之处。《史记·封禅书》："黄

帝采首山铜,铸鼎于荆山下。鼎既成,有龙垂胡须下迎黄帝。黄帝上骑,群臣后宫从上者七十余人,龙乃上去……故后世名其处曰鼎湖。"此"鼎湖"借喻龙潭。

麓 樵

同 前 题

人间何处寻龙种,得水都能破壁飞。

漫遣闲愁夸物怪,自来凡甲作霖稀[1]。

风雷大泽收奇气,霜雪重岩养积威。

寂寞空山云雨意,天门高绝挂斜晖。

[1]凡甲:指平庸之龙。

艾 室

同 前 题

积水洼潭通地肺[1],输他神物养真肥[2],

树阴四合看天瓮[3],波影一盂照客衣。

阅尽沧桑惊海立,可能鳞甲挟山飞。

葛陂化去延平合[4],尚有人间未息机。

[1]地肺:指地下深处。

[2]神物:指神奇之物,此指龙潭中之龙。

[3]天瓮:形容龙潭所处位置很高,有如天上之大瓮。

[4]葛陂:古湖泊名。在今河南新蔡北。上承澺水(今洪河),东出为铜水、富水等,注入淮河。周围三十里,今堙。此借指龙潭。延:

通"埏"。墓道。《左传·隐公元年》："隧而相见。"杜预注："隧，若今延道。"

颐　庵

神树歌[1]　　鱼韵

秋郊风物信和舒，蓦山踏水尘烦除[2]。

嶔岑潺湲极眺听，缘探无复携篮舆[3]。

苍茫出巇足嘉荫，丛薄左右交芊茹[4]。

中有槁木作龙卧，俯视不类枢与樗[5]。

寺僧伛偻抚兹树，一一语客兼及予。

有清地符肇一代[6]，奄有涉貊收夫余[7]。

弹压山川置大郡，建旗辨色麾兵车[8]。

偶然貙虎告失利[9]，乃借灌莽相潜狙[10]。

敌师冥索不可得，挟矛骎马还趑趄[11]。

论封岁祀列在典[12]，五松泰岱差相如[13]。

有司秉虔戒执事[14]，二百余载如国初。

我昔珲春护边土[15]，忆曾致敬趋斋庐。

乔柯盘互仰遮扞，裤靴帕首徯灵胥[16]。

春陵王气倘未尽[17]，仿佛神降相呵嘘[18]。

奈何国本慨先拨[19]，遂令枝叶空扶悚。

制册一朝诏内禅[20]，共和古义稽于书。

天池灵光溯长白[21]，朱草不长哀丘虚[22]。

英声茂实讵足恃[23]，马卿封禅言已虚[24]。

陆城桑盖殉蜀国[25]，酹天谁与歌鱼鱼[26]。

渤溟寥落旧宫室[27]，更虑黜者攘其居[28]。

婆娑尽日发幽怪，坐羡云起归林闾[29]。

不有兰成枯树赋[30]，区区蓄念将安摅。

[1] 神树：见《松花江览古》注[4]。

[2] 蓦山：上山。蓦：上马，骑。

[3] 篮舆：竹轿。

[4] 丛薄：草木丛生的地方。芊茹：茂盛杂乱。

[5] 枢：刺榆。樗：恶木。

[6] 有：语气助词。用在名词之前。地符：从地所出之符契。王融《三月三日曲水诗序》："天瑞降，地符生。"《宋书·符瑞志》："赤龙河图者，地之符也。王者德至渊泉，则河出龙图。"

[7] 奄有：抚有。濊貊：东夷名。古为北貊之一部。在今朝鲜北境。夫余：古国名。亦作"扶余"。东汉时，濊貊别族所建。今辽宁省昌图、开原以北至今吉林省洮南、农安以南皆其领土。

[8] 置旗辨色：满洲户口之编制：分正黄、正白、正红、正蓝、镶黄、镶白、镶红、镶蓝八旗。并有蒙古八旗及汉军八旗，系蒙古人及汉人之归附者。麾：指挥。

[9] 貔虎：猛兽。比喻勇猛之士兵。

[10] 潜狙：潜伏狙击。

[11] 骎马：捶马衔走。趑趄（zī jū），且行且却。

[12] 论封句：见《松花江览古》注[4]。

[13] 五松泰岱：秦始皇封泰山上五松为五大夫。《泰山记》："秦

始皇上泰山，风雨暴至，休于树下，因封其树。应劭曰：'得五松，封为五大夫。'"差相如：几乎相同。

[14] 有司：古代设官分职，各有专司，因称官吏为"有司"。秉虔：坚持谨慎。

[15] 珲春：今县名。属吉林省。清宣统年间置珲春厅，属延吉府，民国改县。珲春，满语为边地。

[16] 裤靴帕首：军人装束。韩愈《送郑尚书序》："左握刀，右属弓矢，帕首裤靴，迎郊。"刘克庄诗："少小从军事裤靴。"徯：等待。灵旐：佛家所用之旗旛，此指帝王之旌旗。

[17] 舂陵：古县名。在今湖南宁远东北。东汉光武帝高祖长定王子买封于此，号舂陵侯。王气：古代封建统治阶级为了欺骗人民，胡说帝王祖宗所在地有一种祥瑞之气。此指吉林为清帝发祥之地。

[18] 呵嘘：呵禁守卫。

[19] 拨：废除。

[20] 制册句：1912 年 2 月 12 日，清宣统帝下退位诏书，让袁世凯组织临时共和政府。作者在此不言"革命"而言"禅让"，美清帝也。下句"共和古义稽于书"，谓周厉王时有共和之政，美袁世凯也。

[21] 天池句：见《松江修暇社启》注 [24]。

[22] 朱草：瑞草名。《大戴·盛德》："朱草日生一叶，至十五日生十五叶，十六日一叶落，终而复始。"

[23] 英声茂实：指美好的名声和盛美的业绩。

[24] 马卿封禅：战国时，齐鲁有些儒士认为五岳中泰山最高，帝王应到泰山祭祀，登泰山筑坛祭天曰"封"，在山南梁父山上辟基

祭地曰"禅"。秦始皇、汉武帝都曾举行过这种大典，司马迁《史记》对封禅列有专篇，即《封禅书》。

[25]陆城：城名。《三国志·蜀志·先主刘备传》："汉景帝子中山靖王胜之后也。胜子贞，元狩六年封涿县陆城亭侯。"《水经注·滱水》："又北经博陵县故城南，即古陆城。"桑盖：桑树之枝叶如伞盖一样。《三国志·蜀志·先主刘备传》："先主少孤，与母贩履织席为业。舍东南角篱上有桑树生，高五丈余，遥望见童童如小车盖。往来者，皆怪此树非凡，或谓当出贵人。先主少时，与宗中诸小儿于树下戏言：'吾必当乘此羽葆盖车'。叔父子敬谓曰：'汝勿妄语，灭吾门也。'"

[26]鱼鱼：乃"鱼鱼雅雅"之简语。韩愈《元和圣德》诗："驾龙十二，鱼鱼雅雅。"注："车驾整肃之义。"

[27]渤溟：即"渤海国"。

[28]黠者：狡黠之民。

[29]坐：因。林闾：里门。

[30]兰成：见《夏日赴约登北山》注[3]。

艾 室

同前题和颐庵节使韵

不咸山势龙鸾舒[1]，旁魄罔纪岁律除[2]。

更王迭霸几千载，往往气数占坤舆[3]。

有清初起十三甲[4]，披斩榛棘拔茅茹。

九姓既戡蒙古附[5]，收威栝矢摧凡楛[6]。

日暮风急偶困沮，以刀指树曰"庇予"。

遂尔脱险筮师贞[7]，能以众正力有余[8]。

事拟堂祭感邓庙[9]，差比伯祷修田车[10]。

垂三百年祀神树，朝暮敢戏茅赋狙[11]。

我来去夏欻今秋[12]，灵山再到行次且[13]。

缘历苔墩见仆木[14]，生意已尽槁柮如[15]。

大业想象天命朔[16]，翠辇仿佛乾隆初[17]。

不见天子行幸馆，惟剩僧侣栖息庐。

使君莅东亦慆慆[18]，告劳勤野持隼旟[19]。

山无虎患藜藋安[20]，道旁朽堕皆吹嘘[21]。

自从平国建五族[22]，芸芸群生忧计疏。

世变何止海成田，劫火烈甚秦燔书[23]。

上帝生命树将萎，敦薨神宅道已墟[24]。

芒芒肃慎天所保[25]，政由蒲卢良不虚[26]。

抚兹树枝嘅山隰[27]，尼什哈语译为鱼[28]。

泽鱼众多潭龙蛰[29]，不自洒扫他人居。

吁嗟乎！

江南之樟早枯死[30]，兹邦帝乡今民间[31]。

蠢然一树何知识，幽情思古聊发摅。

[1]作者自注："《山海经》载：'肃慎国在不咸山中。'《晋书·东夷传》亦称肃慎氏，一名挹娄，在不咸山北，言地望者，以不咸山即契丹国志所称长白山，是在今吉林省域矣。"龙鸾舒：意为像皇帝车驾一样摆开。

[2]旁魄：即"旁薄"。罔纪岁律除：意为没有记载岁月。

[3]坤舆:《易·说卦》:"坤为地……为大舆。"孔颖达疏:"为大舆,取其能载万物也。"后因以"坤舆"为地的代称。此指地理形势。

[4]有清句:清太祖努尔哈赤以十三副兵甲建立根基。

[5]九姓:九,泛指多数。指清朝建立之前,努尔哈赤(后追赠为太祖)在东北地区先后用武力征服松花江流域的海西各部和长白山东北的东海诸部。

[6]楛矢:古书记载为肃慎族用以渔猎的一种工具。此指代肃慎族。详见《松江修暇社启》注[9]。

[7]筮师贞:指卜者用筮草占卦,其结果大吉。贞为古代卜筮的泛称。

[8]能以句:指能依靠大众的正气,其力量是无穷的。

[9]作者自注:"明万历间,副将邓子龙征朝鲜,战殁海上,辽人庙祀之。相传清太祖与明兵构于辽海,战方危,祷邓庙得免。其后,元旦堂祭谓即是邓庙将军神也。事颇见《查初白集》。"

[10]差比句:指按照古代大祭规格修建庙宇,拨给田地车马。

[11]朝暮句:指早晚没有人敢于在此神树附近采樵打猎。

[12]欻(xū):如火光之一现,言其迅速。

[13]次且(zī jū):同"趑趄"。且进且退,犹豫不前。

[14]仆木:指伏倒地上之树。小树。

[15]榾柮(gǔ duò):木块。张端义《贵耳集》卷上:"嵩山极峻,法堂壁上有一诗曰:'争似满炉煨榾柮,慢腾腾地暖烘烘。'"

[16]天命:清太祖年号(1616—1626年)。朔:初始。

[17]作者自注:"一说,神树为清高宗幸吉林时所封。"

［18］使君：指郭宗熙。慆慆：长久。《诗·豳风·东山》："我徂东山，慆慆不归。"

［19］告劳：不辞苦。勤野：勤于外任之职。隼旐：催军前进之旗。

［20］藜藿：两种菜名。多用以指粗劣的饭菜。此指代一般吃藜藿的老百姓。

［21］朽堕：腐烂雕残之树木。此指一般老百姓。吹嘘：称颂赞扬。

［22］五族：指中华民国成立前后所讲的汉、满、蒙、回、藏五族共和体制。

［23］劫火：战乱之火。秦燔书：秦始皇三十四年（前213年），博士淳于越反对封建中央集权的郡县制，要求根据古制分封子弟。秦始皇根据李斯的建议，下令焚烧《秦纪》以外的列国史书，对于不属于博士官的私藏诗、书等亦限期交出烧毁；敢谈论诗、书者处死，以古非今者族；禁止私学，欲学法令者以吏为师。次年，卢生、侯生等方士、儒生攻击秦始皇。秦始皇派御史查究，将四百多名方士、儒生坑于咸阳，史称"焚书坑儒"。

［24］敦：古食器，青铜制。

［25］肃慎：见《松江修暇社启》注［10］。

［26］蒲卢：芦苇。《中庸》："夫政也者，蒲卢也。"

［27］山隰：高山和湿地。

［28］作者自注："按满洲浯，尼什哈者小鱼也，山下有小河出小鱼，故以名山矣。"

［29］作者自注："神树之下有鲫鱼池，龙潭故名。"

［30］作者自注："世传江苏无锡惠山寄畅园，有樟树大可数抱，

清康熙南巡，屡幸其下，还都犹时时念及之。康熙帝崩，此树亦死。查初白有诗云：'平安上报天颜喜，此树江南只一株'者也。"

〔31〕帝乡：指吉林。民闾：老百姓所居之地。

麓 樵

同 前 题

铜驼昔见荆榛里[1]，神树今看野火余[2]。

岂有风云森鬼物[3]，更无锦绣焕沮洳[4]。

汉家虫柳公孙篆[5]，刘氏妖桑羽葆车[6]。

一样荣枯付啼鸟，江山依旧我来初。

〔1〕铜驼：《晋书·索靖传》："靖有先识远量，知天下将乱，指洛阳宫门铜驼，叹曰：'今见汝在荆棘中耳！'"后因"铜驼荆棘"形容亡国后残破的景象。本句借以哀叹清帝制的灭亡。

〔2〕神树：见《松江览古》注〔4〕。

〔3〕岂有句：指清高宗幸吉林时封神树。

〔4〕作者自注："用钱镠锦树故事。"按：钱镠，五代时吴越国的建立者。公元907—932年在位。在位期间，曾征发民工，修建钱塘江海塘，又在太湖流域，凡一河一浦，都造堰闸，以时蓄泄，不畏旱涝，并建立水网圩区的维修制度，有利于发展这一地区的农业经济。沮洳：卑湿之地。

〔5〕汉家虫柳公孙篆：此典不详。

〔6〕羽葆车：见颐庵《神树歌》注〔25〕。

艾 室

登南天门歌呈颐庵节使暨同游诸君，兼寄澹堪翁京师 　虞韵

四邻谋国歌山枢[1]，大夫君子神奚愉。

长沙一府持高符[2]，居东问民常恐瘅[3]。

佐以健者非园瞿[4]，矫矫栾公吏饰儒[5]。

僚仕八九兴不孤，各骋怀抱为前驱。

白发示作幕中趋，折巾缓缓行且呕[6]。

初秋七月雨有无，发棹江潫觊岭隅[7]。

越陌穿林爱深迂，径石确荦若裂肤[8]。

心平步适忘陜输[9]，禅榻清风餐须臾。

再振腰脊胜崎岖[10]，　溪桥渡影云日俱。

玻璃写作栖山图，襟袖浓阴枫与榆。

丛柯拂帽草绕绚[11]，　道窥土牢圜若壶[12]。

疑有剑气千年枯，龙潭之龙伊谁屠[13]。

神树不神供樵苏[14]，　伯功王略皆区区。

且此直上通天衢[15]，　轩然解脱尘网拘。

惟见人烟浮城郛[16]，　大地罨天同一模[17]。

松江窪注杯能宛，　乘空微啸万籁欤[18]。

非园诏我莫云痡[19]，　去夏登峰废半途。

至今犹悔志力懦，于彼翠微携手徂[20]。

昔在庚子鸣丛狐[21]，　遂致外师防我虞。

山头因垒耀甲殳^[22]，沟燐隐隐滋青芜。

览形触痛良可吁，神州陆沉谁实谋。

尔来国门争瞻乌^[23]，兹邦天然一隩都^[24]。

岁月见告靖萑苻^[25]，东邻北道生狼貙^[26]。

名山坐被渊薮逋^[27]，采菇鬶叟不知劬。

时平年丰土脉腴，芝菌满野堪行厨。

骈根异种树连株，蠢生应化非天殊。

纷纷祥瑞书何諛，行间景物信足娱。

终宴再往聊踟蹰，枝禽剥啄投飞鼯。

群公嗜奇莫如吾，采采岩花当选姝。

要倾西崦挽日晡^[28]，立向天门绝顶呼。

晴光万里回清眸，开府功成古挹娄^[29]。

醉卧白日从吾徒，御风快适莽苍弩。

载酒时铭溪谷愚，有客京华盍归乎^[30]。

［1］四邻句：指民国初年，日俄等帝国主义妄图侵吞我国东北领土。

［2］长沙：指郭宗熙家乡。一府：开建府署。晋代诸州刺史多以将军开府都督军事，故后世亦称外省督府为"开府"。

［3］癯：瘦。《史记·司马相如列传》："形容甚癯。"

［4］非园瞿：指《松江修暇社》社友瞿方梅，笔名非园。

［5］栾公：指《松江修暇社》社友栾骏声，笔名睡石。

［6］折巾：即"折上巾"。折角向上之巾。唐宋时，天子与太子以折上巾为常服。

［7］江澨（—shì）：江涯。岭隅：岭崖。

［8］确荦（què luò）：同"荦确"。石多貌。

［9］陕输：不定貌。《后汉书·曹世叔妻传》："动静轻脱，视听陕输。"

［10］腰膂：指体力。

［11］絇（qú）：古时鞋头上的装饰，有孔，可以穿系鞋带。此指鞋。

［12］作者自注："山有石圈，草泥深积，相传祈晴于此名曰旱牢。或曰盖以罪治人者。"

［13］作者自注："有潭在万木丛中，久旱不涸，岁时祈雨之地，是曰龙潭。"

［14］作者自注："有树一株，传为清初用兵时避此，转败为胜，后遂祀之为神，今已仆矣。"

［15］天衢：指龙潭山最高处南天门。

［16］城郛（fū）：城郭。

［17］罨（yǎn）：捕鱼鸟之网。

［18］欨（xū）：吹气使暖。《正字通·欠部》："欲暖者欨之，欲凉者吹之。"

［19］瘏（tú）：因劳致病。刘向《九叹·思古》："躬勌劳而瘏悴。"

［20］徂（cú）：往；到。《诗·大雅·桑柔》："自西徂东。"

［21］昔在句：指光绪二十六年（1900年），八国联军攻占北京，强迫清政府于次年订立不平等的《辛丑条约》。

［22］甲殳：盔甲和兵器。

［23］瞻乌：《诗·小雅·正月》："哀我人斯，于何从禄？瞻乌爰止，于谁之屋？"喻社会动荡，争找安身之处。

［24］隩都：指吉林是一座幽深的城市。

［25］萑苻（huán fú）：葭苇丛生之泽，易为盗贼藏匿之所，后世因称盗贼为"萑苻"。

［26］东邻：指日本。北道：指俄国。貙（chū）：兽名。柳宗元《罴说》："鹿畏貙，貙畏虎，虎畏罴。"

［27］渊薮：鱼和兽类聚居的地方，比喻坏人或物类聚集的处所。逋（bū）：逃窜。

［28］崦（yān）山名。西崦，为日所入处。日晡：日落。

［29］挹娄：古族名。来源于肃慎。汉至两晋时（公元前3世纪至公元5世纪）分布在长白山北，松花江、黑龙江中下游，"东滨大海"。住土穴。种植五谷，好养猪。能织麻布，造瓦鬲，也从事狩猎。所用箭以青石为镞，上施毒。产貂皮、赤玉。各部落自有首领，父子相传。此指吉林省。

［30］客京华：成多禄时客居北京。

子　健

行尼什哈山憩绿阴深处　　齐韵

丛霫云深路若迷，松崖小憩晓风凄。

清阴四合人声杳，上有山禽自在啼。

思睿程嘉绂

泉声禽语自深树中出　　佳韵

秋至静万物，游兴及时佳。

使君体物意，肆筵畅永怀。

方舟沂平流，登临玩苍崖。

微雨洗神木，碧碎被万荄[1]。

泉古鸣弦急，山空调玉喈[2]。

飞禽弄天青，隐叶欢相谐。

群籁得自然，逸响空尘霾。

澄澄碧潭水，久驯龙性乖。

巍巍南天门，巨灵何年开。

感事观气化，即理悟荣衰。

物情苟能适，圣哲难与推。

盛迹不可再，往德谁复偕。

乘暇从逍遥，赓唱祛淫哇[3]。

[1]碧碎：青绿的草叶。荄：草根。

[2]玉喈：美好的叫声。

[3]赓：连续不断。祛淫哇：除去淫秽的声音。

酌 笙

山麓采马兰歌[1]　　灰韵

忆我儿时居芦台，清明马兰花初胎。

湘沅九畹具形似[2]，丛根遍野无人栽。

五十余年几尘埃，诞阶玉树安在哉。

饥来驱我三千里[3]，江山青绝天为开。

清秋幕府有暇日[4]，酒社棋墅相追陪。

蔚然尤美鱼山隈[5]，诸峰罗列何崔嵬！

绿绕红然锦绣堆，琪花瑶草不可辨。

惟有马兰委蒿莱[6]。马兰马兰发吾哀！

[1]马兰：别称"鸡儿肠"，俗称"马莱"。马兰头。嫩苗可食用，亦可入药。

[2]湘：湘江，湖南省最大河流，源出广西壮族自治州。沅：沅江，在湖南省西部，源出贵州省云雾山，流入洞庭湖。畹：古代地积单位。《离骚》："余既滋兰之九畹兮。"王逸注："十二亩曰畹。"九畹，指满田野。

[3]饥来句：指作者由于饥寒所迫，从湖南家乡到吉林做幕僚。

[4]幕府：见酌笙《和澹堪北山书感》注[3]。

[5]鱼山：龙潭山一名"尼什哈山"。满语"尼什哈"为小鱼。

[6]惟有句：作者借马兰花以自喻。

非　园

行枫林中有怀岳麓清风峡[1]　真韵

麓山旧居邕碑邻[2]，晚亭鹤泉相依因。

中有佳处能留人，万木夹道青嶙峋[3]。

天日蔽亏空篙榛，携卷醉卧莎草菌。

山花山鸟迭主宾，当头寺钟撞频频。

妙法顿悟吾能仁[4]，弃此将为天下均[5]。

焚茞裂荷抗容尘[6]，中流唐突鼍獭嗔[7]

宁从根矩东海滨[8]，十年不饮湘江春。

薄禄代耕疗我贫，今之吉林古女真[9]。

不知有汉知有秦[10]，俗如洙泗亦断断[11]。

风物江南差足伦，尼什哈山照城闉[12]。

松花不波可乘轮，舍舟登山山径屯[13]。

呼龙龙潭龙性驯，行行深林静百嚚[14]。

长枫什伍东西陈，一株连榆尤所珍。

百年气尽树不神，新蕈满山如比鳞。

疏红菱绿秋意臻，微风吹鬓思鲈莼[15]。

欲归不遂何苦辛，楚天遥望兹长辒[16]。

[1]岳麓：一称"麓山"。在湖南省长沙市湘江西岸。旧称当衡山南岳之足，故以麓名。林木葱郁，流泉潺潺。山间有爱晚亭及革命烈士墓。清风峡是岳麓中之一胜景。

[2]邕碑：和下句的晚亭、鹤泉均为岳麓山中的名胜。古麓苑中有唐李邕所书碑。

[3]嶙峋：山岩突兀貌。

[4]妙法句：指能启发自己的良知良能。

[5]均：调节乐器的用具。《后汉书·律历志上》："是故天子常以日冬夏至御前殿，合八能之士，陈八音，听乐均。"王先谦《集解》引惠栋曰："韦昭《国语注》云：'均者均钟，木长七尺，有弦系之。'"

[6]芰（jì）：即"菱"，与"荷"同属，燃烧之，可驱虫暑。容尘：指世俗之气。

[7]鼍（tuó）：动物名。亦称"扬子鳄"，俗称"猪婆龙"。獭（tǎ）：水獭。

[8]根矩：即根本法度。

[9]女真：古族名。

松江修暇集

［10］不知句：陶潜《桃花源记》："村中闻有此人，咸来问讯，自云先世避秦时乱，率妻子邑人来此绝境，不复出焉，遂与外人间隔，问今是何世，乃不知有汉，无论魏晋。"此句即据此意变用。

［11］洙泗：指洙水和泗水。古时二水自今山东泗水县北合流西下，至曲阜北，又分为二水，洙水在北，泗水在南。洙、泗之间，即孔子聚徒讲学之所，后因以"洙泗"代称鲁国的文化和孔子的"教泽。"龂龂（yín）：争辩貌。

［12］闉（yīn）：古代城门外的曲城。

［13］屯：驻防。上山约二百米处尚有古城遗址可见。

［14］嚚（yín）：暗哑。《国语·晋语四》："嚚暗不可使言，聋聩不可使听。"

［15］鲈莼：见润斋《分得"棹"字》注［2］。

［16］楚天：古时长江中下游一带属楚国，故用以泛指南方的天空。此指作者的家乡。顰（pín）：皱眉头。苏轼《和陶诗·贫士》："无衣寒我肤，无酒顰我颜。"

润　斋

雨歇过雨旸时若坊　　文韵

雨余山欲滴，万木气氤氲[1]。

胜代留恩泽，游人拓见闻。

流泉微有韵，幽草自成纹。

寻得娜嬛地[2]，还看出岫云。

［1］氤氲（yīn yūn）：气或光色混和动荡貌。张九龄《湖口望庐

山瀑布泉》："灵山多秀色，空水共氤氲。"

〔2〕嫏嬛：即"琅嬛"。神话中天帝藏书地方。伊世珍《琅嬛记》卷上："因共至一处，大石中忽然有门，引华（张华）入数步，则别是天地，宫室嵯峨。引入一室中，陈书满架……华心乐之，赁住数十日。其人笑曰：'君痴矣，此岂可赁地耶？'即命小童送出。华问地名，曰：'琅嬛福地也。'"

酌 笙

颐庵节使酒集尼什哈[1]山寺
即席赋呈兼酬在座诸君

鸡林佳气郁葱茏[2]，江山一览宇内空。

鱼山译音尼什哈，十有五里城之东。

古潭澄泓居深丛，祷雨辄应灵以龙。

山上有水卦象蹇[3]，大人利见往有功。

名流胜地若相待，一时千载难遭逢。

梁园宾客至恐后[4]，泮水大小来从公[5]。

楼船翼翼下江濑[6]，棹歌朗朗鸣秋风。

山麓迎人翠宛转，林塘隐雾青溟蒙[7]。

舍舟登岸穿径入，万木蔽天鸟道通[8]。

采花盈把作雨盖，花枝着雨弥嫣红。

嗟哉自古游幸地，帝王树号何年封[9]。

下临飞鸟入川练，坐看晴云堆缺峰。

陵谷未改旧颜色，尚容我辈携诗筒[10]。

觥筹秧秧禽鸟乐[11]，主者今之六一翁[12]。

二百余年人事异[13]，三十八州安乐同。

摄影为图纪胜概，一堂歌舞声喁喁。

[1]尼什哈：见《是集为七夕后二日，颐庵招要同人从船厂北岸登舟往游尼什哈山，风景满目，拈题限韵，各有赋。兹以韵次编录之》。

[2]鸡林：见题澹堪同年《香雪寻诗图》卷注[2]。

[3]蹇(jiǎn)：六十四卦之一，艮下坎上。艮为山，坎象水。《易·蹇》："象曰：'山上有水，蹇。'"王弼注："山上有水，蹇难之象。"

[4]梁园：亦称'兔园'。汉代梁孝王刘武所造。故址在今河南商丘东。梁孝王好宾客，司马相如、枚乘等辞赋家皆曾延居园中，因而有名。杜甫《寄李十二白》诗："醉舞梁园夜，行歌泗水春。"

[5]泮水：《诗·鲁颂》篇名。《诗序》说是歌颂鲁僖公"能修泮宫"。诗中赞美鲁僖公重视"教化"，在政治上、军事上都获得重大成就。据《郑笺》，泮宫即学宫，泮水为学宫前的水池，状如半月形。此句与上句均借以赞美郭宗熙的功绩。

[6]江濑：见《和非园韵》注[1]。

[7]溟蒙：模糊不清。

[8]鸟道：形容险峻狭窄的山道。李白《蜀道难》："西当太白有鸟道，可以横绝峨嵋巅。"

[9]帝王树：见《松江览古》注[4]。

[10]诗筒：盛诗之竹筒。《唐语林》载：白居易为杭州刺史，与吴兴守钱徽、吴郡守李穰酬唱，多以竹筒盛诗往来，故名之为"诗筒"。

[11]秧秧：顺序貌。

[12]六一翁：宋欧阳修号醉翁，晚号六一居士。

[13]二百余年：指清世祖顺治元年（1644年）至清末帝宣统三年（1911年）覆灭时止共二百六十八年。

澹 堪

贤良寺寓中奉怀颐庵节使

并寄松江修暇社集诸君[1]

偶从京华游，物外时一寻。

精庐敞前轩，㪚发披我襟[2]。

高柳挂残暑，一蝉生远吟。

平生萧散意，嚣竞两不任。

扬舲大江渚，飞盖西山岑。

琼瑰出新语，俯仰成昔今。

四顾何逼仄，茫茫生夕阴。

微波动凉叶，感此怀素心。

[1]贤良寺：在北京东安门外帅府胡同，为怡贤亲王故邸。清雍正十二年建，世宗赐名贤良。乾隆二十年移水盏胡同。

[2]㪚（sàn）："散"古字。

第五集

阳历九月九日北山高会，拈韵得"千年烟边田"五字，分赋七律，禁用重九登高故事

幼谷孙葆塘：

变态风云几万千，重来绝巘忆当年。

江城入望真如画，浪迹回头杳若烟。

寒已授衣秋未晚[1]，醉思凭几梦无边。

人间何世逢阳九[2]，欲乞青山学力田。

[1] 授衣：古时九月制备寒衣，叫"授衣"。《诗·豳风·七月》："七月流火，九月授衣。"毛传："九月霜始降，妇功成，可以授冬衣矣。"

[2] 阳九：古代术数家的说法，四千六百一十七岁为一元，初入元一百零六岁，外有灾岁九，称为"阳九"。因以指灾难之年或厄运。

酌 笙

缁尘蹭遍路三千[1]，蓦地游踪胜昔年。

节序恼人惊白露，林峦过雨郁苍烟。

塞鸿社燕劳天外[2]，细草幽花老涧边。

敢谓销磨新岁月，万方多难耻归田。

[1] 缁尘：陆机《为顾彦先赠妇》诗："京洛多风尘，素衣化为缁。"后因以"缁尘"比喻世俗的污垢。

[2] 塞鸿：塞外鸿。冬天回南方。社燕：燕子春社时来，秋社时去，故称"社燕"。苏轼《送陈睦知潭州》诗："有如社燕与秋鸿，相逢未稳还相送。"

颐 庵

黄鸡白酒值钱千，扶醉登高又一年。

旧梦寂寥萦海岳，故园怊怅隔风烟[1]。

虫吟老树看山色，雁带秋光落水边。

无射新声今换律[2]，欲招仙侣话桑田。

[1] 怊怅：同"惆怅"。失意貌。

[2] 无射：我国古代十二音律之一。此指秋天大自然的音响。

非 园

如此平原路几千，登楼南望自年年。

重阳高会从新历，流水残云带晓烟。

座有留宾诗独霸[1]，佛虽出世道无边。

万方多难堪羁旅，倘得滨江二顷田。

［1］作者自注："孙幼谷诗成独早。"

未丹洪汝冲

秋色苍然满大千[1]，分明菊酒义熙年[2]。

诗寻北郭犹残暑，梦绕东篱但晓烟。

此会有瓜浮水上[3]，他时无桂倚天边[4]。

登临莫自悲阳九，薄宦还多种秫田。

［1］大千：大地。

［2］分明句：这世道分明是晋义熙年间陶潜归隐采菊饮酒之时。
义熙：晋安帝年号。

［3］瓜：《诗·豳风·七月》："七月食瓜。"指秋天季节。于此又
指瓜片。绿茶之一，叶片杂散，叶缘微翘，状似瓜子壳，故名。

［4］桂：指桂月（农历八月）。又指月中之桂。

睡　石　四首

漫游五岳路经千[1]，佳节登高换昔年。

丛菊花胎如待雨，长枫叶瘦尚含烟。

风涛浩劫惊天外[2]，书剑雄心付酒边[3]。

点缀荒丘作名胜，人间何处不芝田[4]。

云路鲲鹏几万千，飞腾此意惜流年。

澄江照岸开新镜，凉叶翻空动晚烟。

秋色平分鸦背外，乡心急报雁行边[5]。

拼将栗里依松菊[6]，尘世何心问海田[7]。

休云化鹤岁三千[8]，盛会堪娱未老年。

小醉蟹螯眠白石，高呼鹰隼蹭苍烟。

公和啸振悬崖表[9]，摩诘诗成落照边[10]。

吾辈俨然中隐士，何须更贳邵平田[11]。

秋风吹彻界三千[12]，山静闲游似少年。

九塞奔驰惊岁月[13]，几人歌啸托云烟。

偶随沙鸟来天际，微觉莼鲈到梦边[14]。

松柏有香苔有晕[15]，何须花树说春田。

[1]五岳：中国五大名山的总称。即东岳泰山、南岳衡山、西岳华山、北岳恒山、中岳嵩山。传说为群神所居，历代帝王多往祭祀。

[2]风涛句：借指当时内忧外患的中国局势。

[3]书剑：书与剑为古代文人随身携带之物，因以指文人生涯。高适《人日寄杜二拾遗》诗："一卧东山三十春，岂知书剑老风尘！"

[4]芝田：古代传说中神仙种芝草的地方。鲍照《舞鹤赋》："朝戏于芝田，夕饮乎瑶池。"

[5]乡心句：雁每年春分后飞往北方，秋分后飞往南方，为候鸟的一种。当雁飞往南方时，引起作者对南方家乡的思念。

[6]栗里：地名。在江西九江南陶村西。晋陶潜曾迁居于此。唐白居易《访陶公旧宅》诗："柴桑古村落，栗里旧山川。"作者借此以

寓退隐之意。

［7］海田："沧海桑田"的简语。

［8］化鹤：见《松江修暇社启》注［18］。

［9］作者自注："谓幼谷翁。"

［10］作者自注："是日酹笙为主人，先有诗欢迎幼谷。"

［11］贳（shì）：通"赦"。《汉书·张敞传》："因贳其罪。"邵平田：其人不详。

［12］界三千：即"三千大千世界"的简语。佛教名词。简称"大千世界"。原来是古印度传说的一个广大范围的世界的名称。即以须弥山为中心，同一日月所照的四天下为一小世界，合一千个小世界为小千世界，合一千个小千世界为中千世界，合一千个中千世界为大千世界，一称"三千大行世界"或"三千世界"。

［13］九塞：古代九个要塞。此泛指边塞。

［14］莼鲈：见润斋《分得"棹"字》注［2］。

［15］晕（yùn）：光彩色泽模糊的部分。

麓 樵

鸡塞重来路八千，玉皇高阁别三年[1]。

江山到眼都如梦，花草经秋欲化烟。

大地风云杯酒外。遥天砧杵戍楼边。

昨过白露今重九，人事茫茫海变田[2]。

［1］玉皇阁：在北山上最高处。

［2］海变田：即"沧海桑田"的变用。

润　斋

世外风云变大千，登临绝巘感华年。

空江雁影涵秋水，远戍砧声破晓烟。

物换星移新九月，江迥峰峙古三边[1]。

名山此会称幽胜，便抵经营负郭田[2]。

[1] 三边：见睡石《同前题》注[1]。

[2] 负郭田：靠近城郭之田。

湘　梅

匹马间关路几千，登高数历类经年[1]。

披襟客至惊残署，荷担樵归带晚烟。

蟹合渔庄秋柳外[2]，芦汀蓼溆夕阳边[3]。

登临省识山居乐，未许还乡买薄田。

[1] 作者自注："按阳历如周正建子"。即夏代以正月为岁首，商代以夏十二月、周代以夏十一月为岁首。

[2] 蟹合：狭小的房舍。

[3] 芦汀蓼溆：长着芦苇蓼花的江边小沙丘。

子　健

陵谷迁移感大千[1]，登临今日是何年。

鲈莼归梦悬关月[2]，雁稻闲情认塞烟。

一醉名山如有待，四望秋野杳无边。

更看天际盘雕影，应惜风毛洒草田[3]。

[1]陵谷：见《舟过团山微雨》注[5]。

[2]鲈莼：见颐庵《分得"人"字》注[7]。

[3]风毛：鸟行飞降。指猎获之鸟甚多。《文选》·班固《两都赋》："飙飙纷纷，矰缴相继，风毛雨血，洒野蔽天。"

思　睿

圆规合朔象盈千[1]，胜地重游暗记年。

夹道蓼花明客鬓，环城柳叶接人烟。

惊秋清磬空山外，向晚寒鸦野水边。

几点晴云恣吟眺，垂阴无限接芳田。

[1]圆规句：从初一（朔）到十五（圆规）再到初一（朔），循环往复，月亮的形象已满千个了。

艾　室

乌兔西东路几千[1]，谁书甲子纪今年[2]。

人生对酒怀朝露[3]，客里逢秋趁午烟。

关塞回旋牛马走[4]，乾坤牢落鬓须边[5]。

无端七月觞重九，却喜郊原稼满田。

[1]乌：即"金乌"。古代神话：太阳中有三足乌，因用为太阳的别称。韩愈《李花赠张十一署》："金乌海底初飞来，朱辉散射青霞开。"兔：即"玉兔"。神话传说谓月中有白兔，因用为月的代称。傅玄《拟天问》："月中何有？玉兔捣药。"

[2]甲子：甲居天干首位，子居地支首位。干支依次相配，如甲子、

乙丑、丙寅之类，统称甲子。古人用以纪年、月、日。

[3]朝露：朝露接触日光即消失，比喻事物存在时间的短暂。《汉书·苏武传》："人生如朝露。"

[4]牛马走：见《松江览古》注[11]。

[5]牢落：无所寄托貌。陆机《文赋》："心牢落而无偶。"

艾室

是日随非园麓樵穷行山后依前韵即景[1]

瓦注纷纷变万千[2]，负书塞上亦经年[3]。

山花垂老嗟同客，野茸初黄欲化烟。

秋在片云凉叶外，人行微日短桥边。

漫天劫火将何往，倘乞渊明种秫田[4]。

[1]是日：指前题阳历九月九日。

[2]瓦注：以瓦为赌。《庄子·达生》："以瓦注者巧，以钩注者惮，以黄金注者殙，其巧一也。"钩，挂帐幔之器具，即不甚值钱之物。殙，同"惛"，指病人惛愦无知。

[3]负书：指背着书箱。塞上：泛指山海关以外。

[4]倘：自失貌。即无可奈何之意。渊明：陶渊明。见《从非园散步山后得卧虎沟寓目野趣悠然释尘》注[3]。

麓樵

和　前　作

避嚣欲出界三千[1]，幽谷真如太古年。

牛歇树阴闲似鹤，鸦沉秋影澹于烟。

小桥流水人踪外，矮屋疏篱夕照边。

等是乱离归来得[2]，倘凭诗价换山田。

［1］界三千：即三千界。见睡石四首注［12］。

［2］等是：同是。

酌 笙

是日幼谷翁新入社，适余忝作主人，先成一章以志[1]

海宇仓皇如旅客，风云入望起边愁。

疏帘清箪犹宜夏，明日黄花已送秋。

寒叶泥人拼久坐[2]，他山伐木好相求[3]。

近延枚叟工词赋[4]，吐哺归心叠唱酬[5]。

［1］是日：指前题阳历九月九日。

［2］寒叶泥人：指北山上的寒叶与寺庙中的神像。

［3］他山：即"他山之石"的省语。"他"作"它"。《诗·小雅·鹤鸣》："它山之石，可以攻玉。"郑玄笺："它山喻异国。"本谓别国的贤才可以为本国的辅佐，好像别的山上石头可用来琢磨玉器的砺石一样。后来用以比喻能帮助自己改正缺点的外力。伐木：指寻找朋友。

［4］延：邀请。枚叟：指汉枚乘，字叔，淮阴人。初为吴王濞郎中，吴王欲反，乘上书进谏，不听，后来吴亡国。汉既平七国，乘由是知名。景帝拜为弘农都尉。乘久为大国上宾，与英俊游，不乐为吏，以病去官，复游梁，梁客皆善词赋，乘尤高。此借指松江修暇社诸友。

［5］吐哺：《史记·鲁周公世家》："周公戒伯禽曰：'我一沐三握发，

一饭三吐哺，起以待士，犹恐失天下之贤人。'"哺，口中所含的食物。
此借以赞美郭宗熙能谦恭下士，人多从之。

幼　谷

和　前　作

座逢贤主且勾留，末计归期那计愁。

照眼松花半江水，惊心枫叶四山秋。

远天笛韵摅悲啸[1]，空谷跫音有应求[2]。

小队郊坰足游眺[3]，老夫兀兀不能酬[4]。

[1] 摅：发抒。

[2] 跫（qióng）：脚步声。

[3] 坰（jiōng）：田地。

[4] 兀兀：用心劳苦貌。

睡　石

和澹堪京师见寄

客有京华诗，清新耐披寻。

精庐寄高躅[1]，一洗边尘襟。

天际大鸟语[2]，云表孤龙吟。

寒螿岂侪侣[3]，欲和力难任。

松岸风露湿，昕夕苔泣岑[4]。

却愧罹世网，劳形成古今。

美人隔千里[5]，怅望秋树阴。

征鸿南霄去，持此径寸心。

[1] 躅（zhuó）：足迹。

[2] "天际"和下面"云表"句：赞扬澹堪之诗。

[3] 螿（jiāng）：即寒蝉。蝉的一种。亦称寒螿、寒蜩。此睡石自喻。

[4] 岑：崖岸。

[5] 美人：对好友之称。

子　健

同　前　题

金台盛云物[1]，拂墙木千寻[2]。

华池冒红藕，水亭坐开襟。

凉吹苹末生，清意归长吟。

近事一回首，绝塞感不任。

故人况千里，魂梦绕青岑。

昨读寄我诗，陵谷怆昔今[3]。

疮痍满三辅[4]，谁能变阳阴。

轻肥五陵道[5]，难喻豪士心。

[1] 金台：台之美称。此指"金台夕照"，北京十景之一，在朝阳门外。

[2] 寻：古长度单位。八尺为寻。

[3] 陵谷：见《舟过团山微雨》注[5]。

[4] 三辅：汉景帝二年（前115年），分内史为左、右内史，与主爵中尉同治长安城中，所辖皆京畿之地，故合称"三辅"。此指北京城内外。

［5］轻肥："轻裘肥马"的略语。杜甫《秋兴》诗："同学少年多不贱，五陵衣马自轻肥。"五陵：指汉帝之五陵，即长陵（高帝）、安陵（惠帝）、阳陵（景帝）、茂陵（武帝）、平陵（昭帝），皆在长安。此指五陵附近，汉时豪杰少年聚集之地。

澹 堪

寄和王酌笙尼什哈山采马兰歌

今我不乐游金台，日饱驼乳有羊胎。

归来古寺嘿无语[1]，哦遍庭松三百栽。

昏昏八表纷黄埃[2]，雄诗一扫亦快哉。

知君纵笔小天地，清秋四望襟颜开。

惜乎摩写不到我，整冠落帽难叨陪[3]。

龙潭之顶松江隈，横树诗敌军背嵬[4]。

奇情郁起云涛堆，人生行乐止如此。

古时富贵今草莱，江头大有王孙哀[5]。

［1］古寺：指作者在京寄居之贤良寺。嘿(mò)：同"默"。《史记·刺客列传》："荆轲嘿而逃去。"

［2］八表：八方以外极远的地方。陶潜《归鸟》诗："远之八表，近憩云岑。"

［3］落帽：《晋书·孟嘉传》："后为征西桓温参军，温甚重之。九月九日，温燕龙山，僚佐毕集。时佐吏并着戎服，有风至吹嘉帽堕落，嘉不之觉。温使左右勿言，欲观其举止。嘉良久如厕，温令取还之，命孙盛作文嘲嘉，着嘉坐处。嘉还见，即答之，其文甚美，四座嗟叹。"

此借"孟嘉落帽"故事，以示诸诗友之洒脱风流。叨陪：叨光陪侍的意思。王勃《滕王阁序》："他日趋庭，叨陪鲤对。"

　　［4］横树句：指背负险峰，赋诗斗奇。

　　［5］江头句：指清朝贵族后裔。

第六集

非 园

北山看红叶 不拘体韵

吾昔守五常[1]，逢秋辄飞鞚[2]。

十里看红叶，红叶宜早冻。

色色相互郁，状态不可讼[3]。

染羽翔考工[4]，钟氏失其用[5]。

画师得欧法[6]，此妙喻难共。

今年登北山，谓足恣吟弄。

坐惜霜落迟[7]，往事真成梦。

[1]五常：县名。原属吉林，今属黑龙江。1882年初置五常厅，1908年改为五常府，1913年改为五常县。

[2]鞚（kòng）：有嚼口的马络头。飞鞚，即指快马。

[3]讼：争论是非。此指分辨。

[4]考工：《考工记》，是先秦古籍中的重要科学技术著作。主要记述百工之事。

［5］钟氏：钟嵘。南朝梁文学批评家。所撰《诗品》，成书于梁武帝天监十二年（513年）以后，品评自汉至梁一百多位诗人。提倡风力，反对玄言诗、声病说等。此句指秋天的大好景色，即使是有名的批评家钟嵘也无能为力。

［6］欧法：指欧洲即西洋画法。

［7］坐：由于；为。古乐府《陌上桑》："来归相怨怒，但坐观罗敷。"

艾　室

时将有宁古塔之行

白头对红叶，娱老歌秋诗。

涪皤去千载^[1]，不啻发吾奇^[2]。

关塞亦軝掌^[3]，云物欵推移^[4]。

荒烟动虚漠，玉露侵繁枝。

黄绿间成绮，摇曳见令姿。

隐隐一林明，文采极可披。

晚艳比春华，微觉膏泽稀^[5]。

华士尚涂饰，美人喻淹迟^[6]。

大造自寓化^[7]，讵分愁与怡。

达老贞厥观，庶几形无遗。

斜阳媚寒渚，凉飙欺鬓丝^[8]。

诘旦驱飞尘^[9]，勉此尽一卮。

［1］涪皤（fú pó）：宋黄庭坚之号，一作"涪翁"。因贬涪州司马，自称"涪皤"。其文章天成，与张耒、晁补之、秦观俱游苏轼门，天

下称为"四学士"。庭坚尤长于诗，世称"苏黄"，又善行草书，楷法自成一家。

[2]不啻：无异于。归有光《花史馆记》："百年之内，视二千余年，不啻一瞬。"

[3]鞅掌见子健《立秋日书怀用前韵》注[1]。

[4]欻（xū）：欻忽，如火光之一现。言迅速。李白《望庐山瀑布》诗："欻如飞电来，隐若白虹起。"

[5]膏泽：犹膏雨；好雨。

[6]喻：通"愉"。愉快；喜欢。淹迟：缓慢。

[7]大造：指大自然。

[8]飙（biāo）：通"飙"，暴风。

[9]诘旦：明早。

酌 笙

北山秋老障红叶，昨夜霜华皑似雪。

一年好景驹过隙[1]，凉意侵人尚清绝。

山腰小憩停车会，岭断峰回路几折。

阴籁时闻声淅沥，返照惟看影明灭。

枫桥未落玉露雕[2]，柳稍低弹金风掣[3]。

池上晚花余锦绣，严边老树散采缬。

露结应垂夜月光，烟霏欲碾朝霞屑。

遽怜堕地蝶粉湿，误认穿林萤火瞥。

子山枯树聊作赋[4]，茂叔莲花亦有说[5]。

登临无倦且吟诗， 游踪不惜轮蹄铁。

[1]驹过隙：即"白驹过隙"。形容光阴过的极快。《庄子·知北游》："人生天地之间，若白驹之过郤，忽然而已。"成玄英疏："白驹，骏马也，亦言日也。"陆德明《释文》："郤，本亦作隙。隙，孔也。"

[2]枫桥：在江苏省苏州市阊门外三公里枫桥镇，清乾隆二十五年修。邻近有寒山寺，因唐诗人张继《枫桥夜泊》诗而著名。于此以描写北山秋色。

[3]軃（duǒ）：亦作"嚲"，下垂。杜甫《醉为马所附诸公携酒相看》："江村野堂争入眼，垂鞭軃鞚凌紫陌。"

[4]子山：南北朝庾信，字子山。详见睡石栾骏声《夏日赴约登北山》注[3]。

[5]茂叔：宋周敦颐，字茂叔，曾作有《爱莲说》："水陆草木之花，可爱者甚蕃。晋陶渊明独爱菊，自李唐来，世人甚爱牡丹，予独爱莲之出淤泥而不染，濯清涟而不妖，中通外直，不蔓不枝，香远益清，亭亭净植，可远观而不可亵玩焉。"

子　健

高会寻秋攀云上，红叶十里吟且望；

光华闪耀幽谷间，眼缬不能穷殊相[1]。

疑是朝日出海峤[2]，朱辉散射赤城标[3]；

又疑瑶池桃破蕊[4]，万株倒烛云为焦。

此游景奇酒亦旨，有客醉歌丹霞里；

凄音苦节寄悲思，细听字字风送耳。

百川涨决水冲天，故土今秋半为渊；

南征何处觅楼船[5]？

奇鬼瞰室口流涎，退潮无弩归无田；

万里饥驱走荒烟，卧榻坐视他人眠。

一尊劝客莫慨慷，霜枫幸见张红纲；

人生行乐贵及时，再来雪花大如掌。

［1］缬（xié）：眼花时所见的星星点点。苏舜钦《奉酬公素学士见招之作》诗："神迷耳热眼生缬。"

［2］海峤：海上的山峰。

［3］赤城：山名。在浙江天台北，为天台山南门。因土色皆赤，状似云霞，望之似雉堞，故名。标：标志。

［4］瑶池：古代传说中昆仑山上的池名，西王母所居地。《史记·大宛列传赞》："昆仑其高二千五百余里，日月所相避隐为光明也；其上有醴泉、瑶池。"

［5］楼船：有楼之大船。古代多用于作战。

润　斋

伏羲有枫林[1]，经秋霜容肃。

年年茜染深[2]，登临豁吟目。

如何边色酣[3]，绛雪仍岩麓[4]。

云阿饱秋光[5]，如披胭脂簇。

席地畅开尊，酡颜袭清馥[6]。

佳会及晚节，人事任蕉鹿[7]。

沧海一叶身，蒐兹沉沉陆。

对酒激高歌，斜阳衬霜木。

临风共亭车，权作题红读。

江南此风景，羁人占幽独。

［1］作者自注："乡居在淝水伏羲山下，枫林极饶，故云。"

［2］蒐：蒐草。或作大红色染料。

［3］边色：指吉林秋色。酣：酣饮；畅饮。此指"浓"的意思。

［4］绛：大红色。绛雪，如雪片翻舞的红叶。

［5］云阿：指连接云层的山峰。

［6］酡颜（tuó）：醉颜。周履靖《拂霓裳·和晏同叔》词："金尊频劝饮，俄顷已酡颜。"

［7］蕉鹿:《列子·周穆王》载说:"春秋时，郑国一樵夫打死一只鹿，怕被人看见，把它藏在一无水壕中，盖上蕉叶。但后来去取鹿时，却记不起所藏之地，于是以为是一场梦。后来多用来比喻把真事看作一梦幻的消极想法。贡师泰《寄静庵上人》诗:"世事同蕉鹿，人心类棘猴。"

睡　石

尘海滔滔谁舟楫，万事如潮身如叶。

粟末江头送客回[1]，山枫笑我徒蹭蹬[2]。

菲园寻秋逸兴飞[3]，北山高会开醉颊。

石径停车吾迟迟，长沙飞盖来炜晔[4]。

坐者弹棋行者歌，各舒天机神为浃[5]。

晴云出没山东阿，万斛秋光挂眉睫[6]。

相将携手眺寺门，须弥峰顶容我蹀[7]。

大江东流复西回，林攒壑走蔚数叠，

墟落人家浮炊烟[8]，夕阳寒树罩城堞。

山容浓淡青间黄，簇簇红翘锦铺氍[9]。

是谁点缀三春华，仿佛枝头戏蜂蝶。

忆自炎夏宴灵丘[10]，咏绿吟红诗盈箧。

无端物候感凉态，荣枯齐视奚喋喋。

当春有怀为有悲，以秋为春心自惬。

元化空冥妙转移[11]，四序旷览胥和协[12]。

驱遣子墨作弓矢[13]，词客汗漫俨游侠[14]。

谷风飒飒吹鬓须[15]，石泉细细动蹊屟[16]。

倚树微啸叶生波，远涵江影与天接。

[1] 粟末：水名。即今松花江之旧称。"粟"一作"速"。《魏书·勿吉国传》："国有大水，阔三里余，名速末水。"为靺鞨七部之一粟末部的活动地区。

[2] 蹀躞（xiè dié）：小步貌。古乐府《白头吟》第二首："蹀躞御沟上，沟水东西流。"

[3] 非园：即瞿方梅。

[4] 长沙：郭宗熙为湖南长沙人，故以"长沙"称之。

[5] 浃：透彻，深入。

[6] 斛（hú）：量器名。古代以十斗为一斛，南宋末年改为五斗。

[7] 须弥峰：指北山顶上玉皇阁。

[8] 墟落：村落。

［9］翘（qiāo）：鸟尾上的长羽。红翘，指红花。氎（dié）：细棉布。《新唐书·南蛮传》："古贝，草也。缉其花为布，粗曰贝，精曰氎。"

［10］灵丘：指北山。

［11］元化：造化，大自然的变化。

［12］四序：指春、夏、秋、冬四个季节顺序。胥：通"与"，相与；皆。《诗·小雅·角弓》："尔之远矣，民胥然矣。尔之教矣，民胥效矣。"

［13］子墨：即"墨子"。春秋战国之际，思想家、政治家，墨家学说的创始人。其学说对当时思想界影响很大，与儒家之学并称显学。传世有大量著作，其中的《备城门》以下十一篇，讲的是战争防御和制造器械的方法。

［14］汗漫：不着边际。俨：即"俨然"，好像真的。游侠：古称轻身重义的人，即侠客。

［15］谷风：由山谷吹向山顶的风。

［16］屧（xiè）：古代鞋中木底。石泉句：指走在小山路上的脚下都感受到石泉的流动。

颐　庵

十年七度看红叶，负手沉吟似梦中[1]。

相见老僧无一语，独携云衲对西风[2]。

［1］负手：空手。

［2］云衲：指僧衣。衲：补缀。僧徒的衣服常用许多碎布补缀而成，因即以为僧衣的代称，此指僧人。

麓 樵

初秋上老山，浓绿抱江影。

日月曾几何，红黄迷故境。

群山如酡颜[1]，兀傲对清冷。

又如衬媪装，桔鬖簪红杏。

造物恶衰歇，江山炫异景。

贞元寓合漠[2]，荣枯存俄顷。

凭高望中原，云物一以迥。

春意夫何如？ 衔杯须弥顶。

[1] 酡颜：见本集《北山看红叶》题，润斋诗注 [6]。

[2] 贞元句：意为美好的真气存在大自然之中。

思 睿

北山看红叶学新体　二首

北陆寒信早，霜华扑秋林。

远山千树炽，映日一天缦[1]。

忍见枝间瘦，徒惊客里心。

歌曲犹留韵，题痕有宿吟。

自怜无香骨，莫误蝶来寻。

日月善流谢，物理同其因。

春深自竞秀，秋老孰增鞞[2]。

人生视草木，序晚物意踆[3]。

盛衰一朝易，摇落恨作尘。

吴江貌天末^[4]，声苦不相闻。

［1］绠（qīn）：线。

［2］颦：皱；皱眉。苏轼《和陶诗·贫士》："无衣寒我肤，无酒颦我颜。"

［3］竣：（cūn）：通"逡"。《文选》张衡《东京赋》："千品万官，已事而竣。"薛综注："已，止也，竣，退也。谓品秩官僚等并止事而还也。"

［4］吴江：县名。在江苏省最南部，西滨太湖，邻接上海市和浙江省。作者家乡。

第七集

北山晴雪陪颐庵节使高宴食松江白鱼

润 斋

大荒晴雪亦奇观，不尽寒光沸海澜。

晓日行崖僧影淡，冻云栖阁客心单。

醇醪事业堪常醉[1]，剑铗风尘莫漫弹[2]。

且老使君丰采健，水天高会赋加餐[3]。

[1]醇醪：味道浓厚的美酒。

[2]剑铗句：引《战国策·齐策四》中冯谖作客于孟尝君门下的一段故事。云："左右以君贱之也，食以草具。居有顷，倚柱弹其剑，歌曰：'长铗归来乎，食无鱼！'"后因以"弹铗"指生活困难，求助于人。

[3]赋加餐：借《古诗十九首》中"努力加餐饭"之句的意思，劝朋友增加饮食，保持身体健康。

子　健

乱岭浮天白[1]，寒烟浴日黄。

人来餐雪地，诗拟聚星堂[2]。

座上江鱼美，盘中楚桔香。

醉余归未忍，吾意托层冈。

[1]乱岭句：指周围覆盖白雪的山岭如同浮现在天空中一样。

[2]聚星堂：堂名。宋欧阳修为汝南太守时，小雪日与客齐集赋诗处。

酌　笙

近腊歌元旦，冲寒欲唱春。

好山群立玉，大地净无尘。

扫地停文马[1]，登盘见细鳞。

衰年感知遇，何以答交亲。

[1]文马：指饰以彩鞍之马。此指省长郭宗熙的车马。

非　园

寒郭隐层雾，炊痕柱远天。

联吟最高顶，七见太平年[1]。

饱德知鱼美[2]，穷幽犯雪妍。

须臾人影乱，归路板桥偏。

[1]七见句：作者在吉林城已七年（1911—1918年）。

[2]饱德："醉酒饱德"的省略。《诗·大雅·既醉》："既醉以酒，

既饱以德；君子万年，介尔景福。"朱熹注："言享其饮食恩义之厚，而愿其受福如此也。"后用为宾客酬谢主人款待优厚之词。

睡　石

冻云暧暧开仙仗[1]，冬日曈曈迓使车[2]。

有约寻山逢快雪，不教弹铗叹无鱼[3]。

隍中蕉鹿难醒梦[4]，座上莼鲈欲遂初[5]。

一事更占便宜甚，松江冰结可骑驴。

[1]暧暧：昏暗貌。陶潜《归园田居》诗："暧暧远人村，依依墟里烟。"仙仗：天子之仪仗。

[2]曈曈：光明貌。使车：指颐庵使君之车。

[3]弹铗：见润斋本诗题注[2]。

[4]隍：没有水的护城壕。蕉鹿：见润斋《北山看红叶》注[7]。

[5]莼鲈：莼，指莼菜。鲈，指鲈鱼。

从耘郑家溆

雪山江岸矗，临眺意茫然。

阳战阴凝日[1]，琼楼碧宇天。

烹鲜殊世味，瀹茗尽廉泉[2]。

节使湔尘俗[3]，公余一散仙。

[1]阳战：指雪霁天晴。

[2]瀹（yuè）茗：煮茶。

[3]湔（jiān）：洗。《三国志·魏志·华佗传》："病若在肠中，

便断肠湔洗。"

艾　室

暮庭岁深地冻裂，堇户宿火炉无热[1]。

使君呼我踏山去，人生意气宁能灭。

辟寒且移步兵厨[2]，回春试截葤宾铁[3]。

高丘极望天阽阽[4]，寂若大荒人踪绝。

恒河沙壖何绵延[5]，瀛海波涛互出没[6]。

白毹簇拥江城烟[7]，碧焰吞吐层穹日[8]。

此情此景谁鼓铸，坎廪尽化玻璃室[9]。

果胜闭门敲墨水[10]，并与馋夫餍珍特。

顾尚座上食有鱼，海外葡萄酒更冽。

诸君辞饮但解醉，醉后关河眼花缬[11]。

使君近从长安来，一局奕棋未堪说[12]。

泱泱新国欻七年[13]，灼艾已痛亦多术[14]。

朔方靫瘵古所苦[15]，国门远蹠今无镢[16]。

绸缪拮据春复冬[17]，怀挟龙雷载筹笔[18]。

趣鸤建旃靡暇豫[19]，飞雾冲风自沐栉[20]。

玉田高下摅心旌[21]，　野树蓬松感华发。

携榼寻诗气如神[22]，屈宋排衙恐有失[23]。

艰难咏物颖州守[24]，文采风流修与轼。

千余年后得继美[25]，　穷边万里吟晴雪。

[1]堇户：用泥涂塞北户。《诗·豳风·七月》："塞向堇户"。《毛

传》：“向，北出牖也。墐，涂也。庶人荜户。”

[2]步兵厨：指阮籍好酒之故事。《文选》颜延之《五君咏·阮步兵》："阮公虽沦迹，识密鉴亦洞。"李善注："阮籍以步兵校尉缺，厨中有数斛酒，乃求为校尉。"

[3]蕤（ruí）宾：中国古代律制。《吕氏春秋·仲夏记》："其音徵，律中蕤宾。"注："蕤宾，阳律也，是月阴气萎蕤在下，象主人；阳气在上，象宾客，竹管音中蕤宾也。"

[4]阽阽（diàn）：非常接近貌。

[5]恒河沙壖（ruán）：长河沙滩。

[6]瀛海：大海。

[7]白毬（穗）：指明灯烛花。

[8]层穹：由于有云彩而形成多层次的高空。

[9]坎廪（lǐn）：困顿；不得志。杜甫《丹青引》："但看古来盛名下，终日坎壈缠其身。""壈"同"廪"。

[10]敲墨水：指推敲字词句。

[11]缬：见《第六集》《北山看红叶》题，子健诗注［1］。

[12]一局句：指当时军阀之战。

[13]泱泱新国句：指新成立的宏大的中华民国，转眼之间已七年了。

[14]灼艾：《宋史·太祖纪》："太宗尝病急，帝往视之，亲为灼艾，太宗觉痛，帝亦取艾自灸。"今为比喻兄弟之友爱。

[15]朔方：北方。指吉林。皲瘃（jūn zhú）：手足受冻，裂坼生冻疮。

[16]蹢：受践踏。镢（jué）：箱子上加锁的铰钮。

〔17〕绸缪：紧密缠缚。《诗·豳风·鸱鸮》："迨天之未阴雨，彻彼桑土，绸缪牖户。"意为做好周密的准备。拮据：操作劳苦。

〔18〕龙雷：指宏图远略。

〔19〕趣鸤：趣，行动。鸤，鸤鸠，《诗集序》："美君子之用心均平专一。"建旄（wù）：建旗。此句赞誉郭宗熙专心一意建功立业。

〔20〕沐栉："沐雨栉风"的省略。以雨洗头，以风梳发。形容道路奔波劳苦。谢灵运《山居赋》："栉风沐雨，犯露乘星。"

〔21〕玉田：田中积雪之状。李绅《登禹庙四降雪》诗："玉田千亩合，琼室万家开。"心旌：比喻心中摇摆不定。

〔22〕楂：见睡石栾骏声《夏日赴约登北山》注〔2〕。

〔23〕屈宋：战国时楚诗人屈原宋玉的并称。屈原是骚体的开创者。宋玉是有名的词赋作家。二人对后代的文学都有影响。排衙，旧时官署陈设仪仗，全署属吏依次参谒长官叫"排衙"。

〔24〕颖州守：北宋的文学家、史学家欧阳修与文学家、书画家苏轼均做过颖州太守。

〔25〕千余年句：对郭宗熙的高度赞扬。

未 丹

寒极登临愿久违，琼瑶一望失江矶[1]。

谁知玉宇龙争息[2]，竟拟金盘鲤脍肥。

冰上可曾留子舍[3]，舟中何用颂戎衣[4]。

沧桑转眼休弹铗[5]，好办羊裘钓雪归。

〔1〕琼瑶：美玉。此指白雪世界。江矶：江边突出的岩石。

〔2〕龙争：即龙战。《易·坤》："龙战于野，其色玄黄。"后因称群雄争夺天下为"龙战"。此指阴阳寒热争战变化。

〔3〕作者自注："松花江结冰后，土人架屋其上居之，名曰冰店，殆亦王祥卧冰遗意欤！"

〔4〕颂戎衣：颂，歌颂。戎衣，军服。指军事而言。

〔5〕弹铗：见润斋本诗题注〔2〕。

颐　庵

持节荒寒嗟老大[1]，烹鲜还胜啮苏毡[2]。

人来山寺乌啼树，霰集江湄玉有烟。

闻道鼓声沉故里，只余杯酒送华年。

座中落落飘髯客，问汝新诗更几篇。

〔1〕节：符节。古代使者所持以作凭证。《汉书·苏武传》："杖汉节牧羊，卧起操持，节旄尽落。"

〔2〕苏毡：指苏武牧羊故事。天汉元年（公元前60年），苏武奉命赴匈奴被扣，匈奴贵族多方威胁诱降，又把他迁到北海（今贝加尔湖）边牧羊。渴饮雪，饥吞毡，坚持十九年不屈。始元六年（前81年），因匈奴与汉和好，方被遣回国。官典属国。

麓　樵

穹庐昨日传新历[1]，城北山头宴会忙。

玉宇高寒开夕照，雪波平远共清光。

啮毡何处寻苏武[2]，弹铗当年怨孟尝[3]。

且老梁园盛宾客^[4]，风流争似聚星堂^[5]。

［1］穹庐：古代以称游牧民族居住的毡帐。《汉书·匈奴传上》："匈奴父子同穹庐卧。"颜师古注："穹庐，旗帐也。其形穹隆，故曰穹庐。"

［2］苏武：见颐庵本诗题注［2］。

［3］弹铗：润斋本诗题注［2］。

［4］梁园：见《颐庵节使酒集尼什哈山寺即席赋呈兼酬在座诸君》注。

［5］聚星堂：见子健本诗题注［2］。

第八集

立夏前日饯春山寺见杏花盛开

颐 庵

长安计归辙，风雨忽兼旬。

一笑过山寺，孤芳媚晚春。

蹊茅自总总[1]，涧水落潾潾[2]。

此意将安属，相忘藉草茵。

[1]总总：众多貌。《楚辞·九歌·大司命》："纷总总兮九州。"

[2]潾潾：清澈貌。

非 园

早起登山读杏花[1]，畅然亭上试新茶。

此情已是成追忆，又殿东风逐断霞[2]。

[1]读：阅看。即欣赏。

[2]殿：行军走在最后为"殿"。此为最后之意。

睡 石

留春春不驻，山寺寄游踪。

好鸟呼人入，闲云点酒浓。

满怀见红萼，抱影对青松。

便上须弥顶，乘风荡我胸。

艾 室

江南风雨几心摧，塞北晴云一笑开。

客里酒怀未消歇，眠前花影有楼台。

蟠天松盖如相守，夹道榆钱正结胎。

蜂蝶过墙春又晚，留芳无计只衔杯。

未 丹

和风扇芳郊，塞草回阳春。

揽辔意无涯，嘉宴及良辰。

时序久相忘，延赏在怀新。

薄寒恋秋士，娇烟媚春人。

开轩迟燕归，燕归春已陈。

念此一踟蹰，故园莽荆榛。

无为惜迟暮，绮陌初扬尘。

从 耘

塞外春归晚，春兰始放妍。

花娇疑笑客，松老欲参天。

避世三山远[1]，偷闲半日仙。

东风来去易，良会自年年。

[1]三山：即指"三神山"。古代传说东海中有蓬莱、方丈、瀛洲三山，为神仙所居，总称"三神山"。又传上有不死药，以黄金白银为宫阙。战国齐威王、宣王、燕昭王及秦始皇皆曾遣人入海访求此三山。

麓 樵

无端人事成今昔，万里天涯春去来。

江草入眸随意远，山花待客背阳开。

故园烟景知何世，绝塞风情共一杯。

却喜新栽使君柳[1]，绾将芳意上楼台。

[1] 使君柳：用栽柳树之举以纪郭宗熙的德政。

润 斋

足迹绝州府，畏人嫌我真[1]。

探幽须弥顶，矫首一空尘[2]。

胡天春已幕[3]，春意迟如宾。

风帘招隐约，杯酌聊复亲。

檐花烂漫发，若为展良辰。

忆昔在江南，烟雨漉酒巾。

人事亦云乐，回首迹已陈。

苕华且共赏[4]，惜此希代珍。

晚钟动山寺，了然来去因。

［1］真：指天真幼雅。

［2］矫：举起；昂起。陶潜《归去来辞》："时矫首而遐观。"

［3］胡天：指塞外之天。胡，中国古代统治者对北方（包括东北）和西方各族的泛称，具有贬义。

［4］苕华：苇花。

子　健

忆我去京华，残红满长道。

驹光转征轮[1]，催促春色老。

游宴失良辰，郊坰暂豁抱[2]。

孰谓招提中[3]，丹杏花仍好。

朝霞烂庭阶，对之魂魄饱。

开落或后先，地气判寒燠。

但令香无殊，奚论迟与早。

所惜在山阿，叹赏人迹少。

持比天街花[4]，托根异掘巧。

黯淡历几时，使君忽飞旐[5]。

攀枝邑幽怀[6]，酒筹间笔藻[7]。

檐花若有知，芳意披词稿[8]。

［1］驹光：见《第六集》《北山看红叶》题，子健诗注［1］。

［2］郊坰（jiōng）：郊外遥远的地方。豁抱：开阔胸怀。

［3］招提：寺院的别称。

［4］天街：旧称帝都的街市。韩愈《早春》诗："天街小雨润如酥。"

〔5〕旐（zhào）：古代旗之一种，上画龙蛇。

〔6〕鬯（chàng）：通"畅"。

〔7〕酒筹：见睡石《立秋先四日雨后集北山》注〔2〕。

〔8〕披：揭开。

幼　谷

重游北山补和同社饯春之什[1]

无计留春驻，春归我亦归。

因时感迟暮，独自惜芳菲。

烟雨楼前合，莺花梦里飞[2]。

江南在何处，回首一依依。

〔1〕什：指书篇。《诗·小雅·鹿鸣之什》陆德明《释文》："以十篇编为一卷，名之曰什。"

〔2〕莺花：莺啼花放，是春天景物的特色，用以概指春天。

第九集

四月三日展禊江曲

睡　石

　　江村明媚放晴珲，仿佛东风归未归。

　　花自无言莺自语，天如支宇柳如帏[1]。

　　细参静躁情堪苔[2]，小驻林泉遁亦肥。

　　且把松阳觞曲水[3]，濯缨濯足总忘机[4]。

［1］支宇：支撑大厦。

［2］细参：细致地检验。苔（dá）：合。

［3］松阳：松江北岸。曲水：古代风俗，于阴历三月上旬巳日（上旬的巳日，魏以后始固定为三月三日）就水滨饮宴，认为被除不祥，后人因引水环曲成渠，流觞取饮，相与为乐，称为"曲水"。亦称"修禊"。

［4］濯缨：濯，洗涤。缨，系冠的丝带。《楚辞·渔父》："渔父莞尔而笑，鼓枻而去，歌曰：'沧浪之水清兮，可以濯吾缨；沧浪之水浊兮，可以濯吾足。'"王逸《章句》："渔父避世隐身，钓鱼江滨，

欣然自乐。"后用"濯缨""濯足"表示避世隐居或清高自守的意思。

忘机：泯除机心。旧指一种消极无为、淡泊宁静的心境。

从 耘

群贤修禊后[1]，转瞬月初三。

奔影驹光疾，忘机蝶梦酣[2]。

乡心随塞北，春意渡江南。

返棹向斜日，波清一镜涵。

[1] 修禊：见睡石本诗题注[3]。

[2] 蝶梦：《庄子·齐物论》："昔者，庄周梦为胡蝶，栩栩然胡蝶也。"
后因称梦为"蝶梦"。

非 园

托生西南徼[1]，投荒东北垂。

才贫不可祓[2]，肠垢更虞饥。

倘得沧浪意[3]，争吟饭颗诗[4]。

涉江欲有赠，芍药尚迟迟。

[1] 西南徼：作者家乡湖南长沙。

[2] 祓（fú）：古代习俗，为除灾去邪而举行仪式。详见睡石本
诗题注[3]。

[3] 倘得句：参见睡石本诗题注[4]。

[4] 饭颗：即饭颗山。传为唐代长安山名。孟棨《本事诗·高逸》："白
（李白）才逸气高，与陈拾遗齐名……尝言："兴寄深微，五言不如四言，

七言又其靡也，况使束于声调俳优哉？”故戏杜曰：‘饭颗山头逢杜甫，头戴笠子日卓午。借问别来太瘦生，总为从前作诗苦。’盖讥其拘束也。”后用“饭颗山”或“饭山”谓人作文写诗拘谨吃力。

濂周胡大华

南风吹绿满郊衢，谢傅墩前一画图[1]。

寺远钟遥朝雾破，船欹帆倩夕阳扶。

中原太急同根豆[2]，边塞新尝异味鲈。

旧雨又联今雨约[3]，只怜楚些滥齐竽[4]。

[1]谢傅墩：即"谢公墩"。山名。在今江苏江宁县城北。晋谢安（安石）尝居半山，后王安石亦尝居此地。故王安石《谢公墩》诗云："我名公字偶相同，我屋公墩在眼中。公去我来墩属我，不应墩姓尚随公。"

[2]同根豆：引"煮豆燃萁"的故事。《世说新语·文学》："文帝（曹丕）尝令东阿王（曹植）七步中作诗，不成者行大法。应声便为诗曰：‘煮豆持作羹，漉菽以为汁。萁在釜下燃，豆在釜中泣。本是同根生，相煎何太急！’帝深有惭色。"萁，豆茎。后常用"煮豆燃萁"比喻骨肉相残。于此借以比喻当时国内的军阀混战，互相残杀。

[3]旧雨：指老同学、老朋友。新雨：指新同学、新朋友。

[4]楚些（suò）：沈括《梦溪笔谈》卷三："《楚辞·招魂》句尾皆曰‘些’，今夔、峡、湖、湘及南、北江獠人，凡禁咒句尾皆称‘些’，此乃楚人旧俗。"因以"楚些"为《招魂》的代称，亦泛指《楚辞》。滥齐竽：指"滥竽充数"的故事。《韩非子·内储说上》："齐宣王使人吹竽，必三百人。南郭处士请为王吹竽，宣王说（悦）之，廪

食以数百人。宣王死，湣王立，好——听之，处士逃。"后因以"滥竽"
比喻没有真才实学，聊以充数。

艾 室

和 濂 周 韵

风马云车出四衢[1]，无端买夏画成图[2]。

沧波自与青天远，花影劳将白发扶。

万里乡心来社燕[3]，几年食味饱江鲈。

文章萧瑟关河老，赢得先生说滥竽。

[1]风马云车：即"驾风马，乘云车"。指飘飘然，悠闲自得。

[2]买：招惹；引起。即迎来之意。

[3]社燕：见第五集酌笙《阳历九月九日北山高会》注[2]。

未 丹

炎方春尽骄朱明[1]，湿云欲坠阴复晴。

梅子初酸雨初足，花残莺老天无情。

谁知绝徼年芳晚[2]，还同陌上香车缓[3]。

倾城士女方踏青，崇兰泛处光风转。

留春有地怨春迟，占尽繁华是此时。

绛唇纵待含桃破[4]，青眼先邀老柳垂[5]。

芳林宾主瀛洲客[6]，过江不用嘲如鲫[7]。

早携郇雨润荒陬[8]，要拂虞弦暖沙碛[9]。

陇上何人莫太息，有亭尚可名春及[10]。

几日南风大麦黄，只愁叱拨娇无力[11]。

枕畦红药正萌芽[12]，及时难赠过时嗟。

濑向沧浪问清浊[13]，且看江水落松花。

[1]炎方：南方炎热之地。白居易《夏日与闲禅师林下避暑》诗："每因毒暑悲亲故，多在炎方瘴海中。"朱明：古代称夏季为朱明。《尔雅·释天》："夏为朱明。"

[2]绝徼：极远的边疆。此指吉林。

[3]陌：田间小路。王昌龄《闺怨》诗："忽见陌头杨柳色，悔教夫婿觅封侯。"香车：士女乘坐之车。

[4]绛唇：红唇。

[5]青眼：晋阮籍能为青白眼，常以青眼对所器重的人。后因以"青眼"称对人喜爱或器重。此指柳树。

[6]瀛洲：见第八集从耘《立夏前日饯春山寺见杏花盛开》注[1]。

[7]嘲如鲗：嘲笑如过江鲫鱼。

[8]郇雨：指晋酒。今山西太原，古代为郇国。荒陬：边远的地方。

[9]虞弦：虞舜之五弦琴。借以喻郭宗熙之德政。沙碛：即沙丘。

[10]作者自注："江曲农场有亭，颐庵节使拟锡名'春及'。"

[11]叱拨：调弄弹琴的拨子。

[12]枕畦：指近畦旁的花圃。

[13]沧浪：见睡石《四月三日展禊江曲》注[4]。

子 健

和濂周韵

世垢丛我身，百虑失灵妙。

荡之以佛法[1]，明月时一耀。

烛物殊未周，旋被烟云罩。

永念道心微，宿染共被扫。

上巳虽后期，补禊柬相约[2]。

一舸渡诗魂，青圃花拂帽。

晚李作雪花，小桃红如爝[3]。

澄江静不波，中写幽人貌。

礼毕各振衣，大梦蘧然觉[4]。

石火送宇宙[5]，焚修诚自暴[6]。

试读兰亭文[7]，真谛如相诏。

爽气被千秋，庸非修楔效。

前轨幸未荒，后来孰我吊。

俯仰欲放歌，恐为诸天笑[8]。

寂坐乐有余，暝色上孤棹。

［1］佛法：释迦牟尼所传讲的道理。

［2］补禊：补行旧历三月三日上巳修禊。

［3］爝（jué）：即爝火。小火把。《庄子·逍遥游》："日月出矣，而爝火不息，其于光也，不亦难乎。"

［4］蘧然：惊喜貌。

〔5〕石火:敲石所发出的火花。李贺《南园十三首》其十三诗:"沙头敲石火,烧竹照渔船。"用以比喻人生的短暂。

〔6〕焚修:佛教徒焚香修行。张蠙《赠闻一上人》诗:"坛场在三殿,应召入焚修。"

〔7〕兰亭:东晋穆帝永和九年(353年)三月三日,王羲之与谢安、孙绰等四十一人,在山阴(今浙江绍兴)兰亭"修禊",会上各人作诗,并由王羲之作序。序中记叙周围山水之美和聚会的欢乐之情,抒发作者好景不长,生死难卜的感慨。

〔8〕诸天:佛经谓欲界有六天,色界之四禅有十八天,无色界之四处有四天,其他尚有日天、月天、韦驮天等诸天神,总称之曰"诸天"。此指古人及今人。

又和濂周韵

舟摇旅梦到仙衢,入夏园林绿可图。

嘉卉频经风雨落,高松若有鬼神扶。

三春烟景余吟草[1],万顷江波好脍鲈。

醉后朱栏同一笑,清谈不用奏笙竽。

〔1〕吟草:诗稿。

幼 谷

同 前 题

彭殇可以齐[1],物我两无竞。

徘徊松江湄,但觉天宇净。

众芳既消歇，清波足游泳。

初夏草木滋，山翠生幽迥。

时序虽不同，今古殊可镜。

缅怀永和年[2]，群贤亦云盛。

衣冠感涂炭[3]，夷夏始兼并[4]。

兰亭今已矣[5]，发古起高咏。

江山阅人多，此会不能竟[6]。

[1]彭殇：犹言寿夭，指寿命的长短。彭，彭祖，传说曾活到八百岁；殇，未成年而死。《庄子·齐物论》："莫寿于殇子，而彭祖为夭。"王羲之《兰亭集序》："固知一死生为虚诞，齐彭殇为妄作。"

[2]永和年：见子健《和濂周韵》注[7]。

[3]衣冠：指上层显贵人物。

[4]夷夏：夷，中国古代往往用以泛指四方的少数民族。夏，即"华夏"。古代常用以指"中原"。

[5]兰亭：见子健《和濂周韵》注[7]。

[6]竟：本义为奏乐完毕，即"结束"。陶潜《拟古》诗："歌竟长叹息。"

颐　庵

自曲江农场归感病有作

昔年嬉春向南郭，江湄棹舟风雨恶。

归来卧病四十日[1]，山僧笑我累行脚。

昨日江头逢老友，还携入囿续前约。

搴芳无自悲回风[2]，坐见群儿调鸟爵[3]。

钩辀格磔声嘈嘈[4]，忽与冥心诉寥廓[5]。

天地不仁蕴沴气[6]，每从朝市及岩壑。

杯盘左右神不怡，风吹华发病复作。

乍寒乍暖类时序[7]，不见石虔能已疟[8]。

明朝寄语山中人，倘为人间觅良药。

[1] 作者自注："民国二年三月，曾游农场归，亦抱病多日。"

[2] 搴（qiān）：拔取。《离骚》："朝搴阰之木兰兮。"

[3] 爵：通"雀"。《孟子·离娄上》："为丛驱爵者，鹯也。"

[4] 钩辀格磔：鹧鸪鸣叫声。

[5] 冥心：幽深高远之心。

[6] 沴（lì）：因气不和而生的灾害。

[7] 类：偏；违拗。

[8] 石虔：指晋代将军桓石虔，相传有患虐疾者，只要呼唤"桓石虔来"即可镇恶去疾。

幼　谷

和颐庵节使感病

出门千里如近郭，往来不识风尘恶。

山川清旷得贤主[1]，未妨长途累腰脚。

饯春已过复买夏[2]，笑我屡负游山约。

风云域外尚斗争[3]，螳臂安知有黄雀[4]。

郊原雨足洗尘污，此间独喜天宇廓。

江清气爽欲扑人，倚槛时看云出壑。

为感南中瘴疠多[5]，久矣西畴误春作[6]。

暖风熏人思无端，君子怀忧种烦疟。

逆旅挑灯贡小诗[7]，祝公有喜占勿药。

[1] 贤主：对颐庵的赞誉。

[2] 饯春：以酒给春天送行。买夏：见艾室《和廉周韵》注[2]。

[3] 风云句：指当时的军阀战争。

[4] 螳臂句：引"螳螂捕蝉"的故事。《说苑·正谏》："园中有树，其上有蝉，蝉高居悲鸣饮露，不知螳螂在其后也；螳螂委身曲附欲取蝉，而不知黄雀在其傍也。"后因以"螳螂捕蝉"比喻只见眼前利益而不顾后患。

[5] 南中：泛指南部地区；南方。

[6] 西畴：西边田地。

[7] 逆旅：客舍。

艾 室

同 前 题

关东今有黱黱郭[1]，清明在躬愤俗恶[2]。

程事不问夜未央[3]，求民常随春有脚[4]。

天用如龙地如马[5]，道术愈广心愈约。

驰驱三边感鹤鸣[6]，静契空庭下飞雀。

春风拂拂簿书里，驾言悠悠向冥廓。

岂必情因云日移，自是胸中富丘壑。

抚时积瘵久未舒[7]，沴气非关旦夕作[8]。

君不见，

陈琳草檄愈头风[9]，秦王破阵已宿疟[10]。

天发杀机世未瘳，愿公平理厚生药。

［1］觵觵：刚直貌。郭：郭宪，字子横。《后汉书·郭宪传》："帝曰：'常闻关东觵觵郭子横，竟不虚也。'"此指郭宗熙。

［2］躬：身体。指自身。

［3］程：计量；考核。《商君书·战法》："兵起而程敌：政不若者勿与战？食不若者勿与久。"夜未央：天没有亮。

［4］求民：访问民间疾苦。春有脚：象阳春有脚，无处不到。

［5］天用句：如龙行天，如骥驰地。

［6］三边：见第一集睡石《和澹堪韵》（同前题）注［1］。

［7］瘝（mèi）：忧病。《诗·卫风·伯兮》："愿言思伯，使我心瘝。"

［8］沴：见颐庵《自曲江农场归感病有作》注［6］。

［9］陈琳：东汉末广陵人。字孔璋，以文学与王粲等齐名，为建安七子之一。初为何进主簿，旋事绍，典文章，尝为绍移书曹操，数其罪状。绍败，归操。操爱其才而不咎，以为记室，军国书檄，多出其手。尝作檄草成呈操，操正患头风，读其文，翕然起曰："此愈我病。"

［10］秦王破阵：据《新唐书·礼乐志》载，唐太宗李世民为秦王时，薛举大举攻唐，李世民率兵于高塘（今陕西长武北）拒敌，采疲敌之计，然此时不料李世民疟疾缠身。只好把指挥权委任给刘仁静，刘仁静骄傲轻敌，冒然与薛军决战，唐军大败。薛军乘势逼近长安。秦王带病出征，大败敌军，疟疾亦愈。

诗 余^[1]

颐 庵

题澹堪《香雪寻诗图》　调寄南浦^[2]

芳讯透天涯,问东风,怎奈孤山偏早。正江国魂消,关心处,楼畔啼禽催晓。骚情未减,只今休说何郎老^[3]。哀怨玉龙吟不断^[4],算是相思多少。

扶筇才过溪桥^[5],春寒犹勒^[6],觉琼怀杳渺^[7]。瑶台近^[8],曾忆梦中频到。娟娟月皎,倩谁金屋安排好^[9]?生怕成阴枝渐绿,回首西崦云绕^[10]。

[1]诗余:指词而言。文体名,诗歌的一种。古代词体萌芽于南朝,形成于唐代,盛行宋代。句子长短不一,故也称"长短句",或称"诗余"。

[2]南浦:词牌名。唐《教坊记》有《南浦子》曲,宋人乃借此旧曲名为"南浦"词牌名。

[3]何郎:指何平叔。《裴子语林》:"何平叔,美姿仪而绝白。魏明帝疑其傅粉,夏日与热汤饼。既啖,太汗随出,以朱衣自拭,色

转皎然。"此借指诗人。

〔4〕玉龙：指雪。宋天圣间华州张元《雪》诗："战退玉龙三百万，败鳞残甲满天飞。"

〔5〕箖：见棹渔《和澹堪韵》注〔1〕。

〔6〕勒：用绳子捆住或套住，再拉紧。

〔7〕杳渺：遥远或深远。

〔8〕瑶台：古人想象中的神仙居处。李白《清平调》："非若群玉山头见，会向瑶台月下逢。"

〔9〕倩：借助。请人替自己做事叫"倩"。

〔10〕西崦：见润斋《松江览古》注〔6〕。

未 丹

倒 犯〔1〕·北山宴集赋呈在座诸君

正一望，山亭翠深，寺门红绕。元戎队小〔2〕，郊坰外〔3〕，乍添吟稿。凉飚在树，还拂纤柯〔4〕，惊知了。又过雨群蛙，阁阁鸣方沼。�华鞯〔5〕，只流潦〔6〕。

回首旧游，凭遍阑干，频年欢意少。极浦送去舶〔7〕，峭帆转〔8〕，须当早。念故国〔9〕，烟波渺。算归期，江边渔父笑。笑倦客天涯，独负闲鸥鸟，脍鲈秋更好，

〔1〕倒犯：词牌名。宋姜夔词注云："唐人《乐书》以宫犯羽者为倒犯。"此调创自宋周邦彦。

〔2〕元戎：大的兵车。《诗·小雅·六月》："元戎十乘，以先启行。"此指游车。

［3］郊坰：见《北山联句》注［2］。

［4］纤柯：小树枝。

［5］黦华鞯：装饰华贵的宝马。黦（yuè）：黄黑色。鞯（jiān）：衬托马鞍的垫子。

［6］流潦：指往来无定的走在小水塘的周围。

［7］极浦：急急流向大河的小水渠。

［8］峭帆：高悬拉紧的风帆。

［9］故国：指家乡。

雪梅香^[1]·松江酒楼

雨初歇，疏林漠漠锁斜阳。送长空归雁，相思漫说千行。一带冈峦隐危堞^[2]，几家亭阁倚高墙。市声寂，素练平铺^[3]，新月昏黄。

难忘，看花处，豁尽闲愁，赖有狂香。笛谱蓟州^[4]，鸱夷仿佛浮湘^[5]。莼菜秋风误归客^[6]，桃花春水狎渔郎^[7]。无憀是^[8]，冰天怕近，人立苍茫。

［1］雪梅香：词牌名。

［2］危堞：高峻的城垛。

［3］素练：银白色的江面。

［4］蓟州：指蓟草（亦称"赖草"）生长的地方。此草广布我国黑龙江、辽宁、吉林、内蒙古等地方。故蓟州在此泛指塞外地方。

［5］鸱夷：亦作"鸱鹕"，皮制的口袋，亦用以盛酒。《汉书·陈

遵传》："鸱鸺滑稽，腹如大壶，尽日盛酒，人复借酤。"颜师古注："鸱

鸺，韦囊以盛酒。"浮湘：泛舟游于湘江之上。湘江是作者家乡。

［6］莼莱：见润斋《分得"棹"字》注［2］。

［7］狎（xiá）：狎玩。即沉醉。作使动词用。

［8］嫽（liáo）：依赖。

石州慢^{［1］}·题澹堪《香雪寻诗图》用卷中大鹤韵

　　雪意霏香，人去灞桥^{［2］}，前度京国^{［3］}。吴天月
色昏黄^{［4］}，又踏一山花白。琉璃万顷^{［5］}，似棹一舸
轻舟，苍茫古梦迷寒碧。西崦认题痕，只骚魂难觅^{［6］}。

　　谁忆寿阳宫里^{［7］}，鸾镜初分^{［8］}，更无消息。渐
老何郎^{［9］}，词翰春风犹识^{［10］}。玉龙旧怨^{［11］}，不待换
羽移宫^{［12］}，江城五月吹横笛。后约共伊探，费相思
心力。

［1］石州慢：词牌名。

［2］灞桥：在陕西省西安市，桥横灞水上。古人于此折柳送行，
故又名"销魂桥"。罗隐《送溪州使君》诗："灞桥酒盏黔巫月，从此
江心两所思。"后人常借"灞桥"入诗以写别离之意。

［3］京国：京师、京华，首都之旧称。

［4］吴天：指三国时的吴地，即长江下游一带。

［5］琉璃句：指"香雪图"。

［6］骚魂：屈原作《离骚》以表现其伟大的爱国精神，后人把这

种精神称为"骚魂"。

[7] 寿阳宫：不详。

[8] 鸾镜：妆镜。白居易《太行路》诗："何况如今鸾镜中，妾颜未改君心改。"于此比喻朝夕相处的朋友。

[9] 何郎：见诗余颐庵《题澹堪香雪寻诗图》注[3]。

[10] 词翰：词章。

[11] 玉龙：见诗余颐庵《题澹堪香雪寻诗图》注[4]。

[12] 换羽移宫：亦作"移宫换羽"，谓乐曲之变调。

棹 渔

同 前 题

冷月空山，低唤玉龙[1]，曾见倾国[2]。疏林雪影微茫，倒映太湖同白[3]。幽香素手，暗折竹外苔枝，花前微辨眉峰碧[4]。寒夜悄无人，剩春魂谁觅。

犹忆故宫芳信，点额妆成，翠禽刚息。倦旅天涯，尚有玉人相识。何郎渐老[5]，只伴姑射仙姿[6]，伤心怕听江城笛。烟柳易黄昏，系游丝无力。

[1] 玉龙：见诗余颐庵《题澹堪香雪寻诗图》注[4]。

[2] 倾国:形容绝美的女子。白居易《长恨歌》:"汉皇重色思倾国，御宇多年求不得。"

[3] 太湖：湖名。为长江和钱塘江下游泥沙堰塞古海湾而成。为我国第三大淡水湖。湖中有岛屿数十，以洞庭西山为最大。湖光山色，风景极佳。于此同为借指雪景。

〔4〕眉峰碧：词牌名。调见王明清《玉照新志》："因起句'蹙损眉峰碧'，故名。"

〔5〕何郎：见诗余颐庵《题澹堪香雪寻诗图》注〔3〕。

〔6〕姑射：山名。《庄子·逍遥游》："藐姑射之山有神人居焉，肌肤若冰雪，绰约若处子。"后因以形容女子美貌。

未 丹

玉 楼 春[1]

时雨初霁[2]，棹小舟渡松花江入农场，与诸同社诸公会诗。时值新涨，万绿迷烟，风物撩人，江山如画，仿佛身在江南也。予分得"晓"字，辄倚此代之。

鲤鱼风起芙蓉老，呼渡匆匆瓜艇小。数畦新稻露初溥[3]，一路野花秋自袅。

不因宿雨连昏晓，那得珍丛千遍绕。鹃红休道不如归[4]，眼底江山无限好。

〔1〕玉楼春：词牌名。

〔2〕霁（jì）：本指雨止，引申为风雪停，云雾散，天气放晴。

〔3〕溥：水面。

〔4〕鹃红句：杜鹃鸟，相传为古蜀帝杜宇之魂所化，其鸣声为"不如归去"，故也称思归鸟、催归鸟。又传说杜鹃叫声不断，以至血出染红的花，叫杜鹃花。

棹　渔

玉楼春·和未丹韵

栖鸦流水秋光老，天际归舟帆影小。松花醮浪碧悠悠[1]，垂柳拂烟丝袅袅。

湿云低压晴云晓，雨足郊原新绿绕。桥边红药为谁生[2]，江上夕阳无限好。

[1]醮（jiào）：尽。《荀子·礼论》："利爵之不醮也，成事之俎不尝也。"注："醮，尽也。"

[2]红药：即指芍药。

倒　犯·和未丹北山宴集韵

怅岁晚，皋亭叶飞[1]，暮林烟绕。山高月小，凝眸处，画中新稿。空江日夜流，尽闲愁，何时了。乍雨后寒波，绿绉芙蓉沼。只西畴，苦秋潦。

行遍翠阴，立尽斜阳，西风归雁少。绝巘望旧国[2]，剩禾黍，霜生早。又梦断，蓬山渺[3]。漫相逢，高歌君莫笑。笑载酒江湖，已倦南飞鸟，故乡无此好。

[1]皋：通"高"。《荀子·大略》："望其圹，皋如也。"

[2]旧国：指作者的家乡。

[3]蓬山：即指蓬莱。详见第八集《立夏前日饯春山寺见杏花盛开》从耘诗注[1]。

雪梅香[1]·雨后饮松江酒楼 次韵和未丹作

湿云敛，遥峰缺处漏斜阳。写相思谁寄？书空雁字成行[2]。落日城头咽清角[3]，绿杨江上隐牙樯[4]。晚风紧，月荡波心，灯火昏黄。

休忘销魂地，别院笙歌，扇影衣香。锦瑟华年[5]，故人望断潇湘[6]。庾信平生最萧瑟[7]，小姑居住本无郎[8]。秋山淡，天青雨过，烟水茫茫。

[1]雪梅香：词牌名。

[2]书空：用手指在空中虚划字形。《世说新语·黜免》："殷中军(浩)被废，在信安，终日恒书空作字……窃视，唯作'咄咄怪事'四字而已。"雁字成行：大雁在冬天返回南方，作者家在南方，当见到大雁南飞时引起思乡之情。

[3]清角：指清冷的画角声。画角是古代军中的一种乐器。

[4]牙樯：挂着牙旗的桅杆。

[5]锦瑟：装饰华美的瑟。李商隐《锦瑟》诗："锦瑟无端五十弦，一弦一柱思华年。"后因以"锦瑟年华"借喻青春时代。

[6]潇湘：湘江的别称。本诗作者家在湖南。

[7]庾信：见睢石栾骏声《夏日赴约登北山》注[3]。萧瑟：形容寂寞凄凉。杜甫《咏怀古迹》诗："庾信平生最萧瑟，暮年诗赋动江关。"

[9]小姑：少女未嫁者。古乐府《青溪小姑曲》："小姑所居，独处无郎。"

棹 渔

声声慢[1] · 微雨舟过团山至龙潭山寺 限冬韵

疾云遮雨，凉霭沉红，芳洲浪卷溶溶。草绿蘅皋疏林[2]，几处烟钟。苍崖薜萝争绕，缀黄花，别有长松[3]。金碧影，媚中流，孤屿一棹空蒙。应念沧桑故国，对帝王枯树，前度葱茏[4]。劫后山川，秋来犹带愁容。呼朋酒酣长啸，怕澄潭，惊起潜龙。回首望，拥高城岚翠万重。

[1] 声声慢：词牌名。

[2] 蘅皋：芳草甸。

[3] 作者自注："地产黄花松，为南中所无。"

[4] 作者自注："山上有清祀神树，一名帝王树，今已枯死。"

未 丹

夜飞鹊[1] · 晓泛至龙潭山寺 限支字因用清真韵

秋江渐如练，凉露凄其[2]。林壑远带朝晖。山容略瘦晓妆竟[3]，微风催换罗衣。乡心笑鲈脍，认行歌渔棹[4]，贳酒村旗[5]。停桡近岸，更携筇[6]，不恨来迟。

幽径翠藤交拱，烹茗愒僧寮[7]，日暮忘归。枯树何人能赋[8]，沧桑阅尽，空自神迷。寺门纵目，似苍烟，九点青齐[9]。向斜阳凭吊，痴龙去久[10]，霓挂天西。

［1］夜飞鹊：词牌名。

［2］凄其：同"凄然"。其，作助词。

［3］竟：见幼谷《又和廉周韵》注［6］。

［4］渔棹：指前一首的作者棹渔。

［5］贳（shì）：赊欠。贳酒，即买酒，

［6］笻：见棹渔《和澹堪韵》注［1］。

［7］僧寮：僧房。

［8］枯树：指龙潭山上的神树。

［9］九点青齐：指所看到的一切都是一片苍茫。

［10］痴龙：指龙潭中被锁之龙。

秋　思^{［1］}·七　夕　同棹渔作　次梦窗韵

桥转鸦翎侧，又绛河良会^{［2］}，素秋佳色。蛩怨瑶阶^{［3］}，雁飞华渚，月眉纤窄。正凄绝针楼，画屏无睡，步欲抑，映扇罗，萤自碧。记那日相逢，为欢非梦，纵使旧情犹在，更谁愁忆。

今夕双波暗滴^{［4］}，似弄晴雨意。重饰钿钗初擘^{［5］}，机丝虚掩^{［6］}料应头白。况一刻千金恋，深归去，须健翼，怕昨宵风露识。算瘦石携来^{［7］}，君平卜后便得^{［8］}，竟隔天南地北。

［1］秋思：词牌名。

［2］绛河：即"银河"。杜审言《七夕》诗："白露含明月，青霞

断绛河。"

[3] 蛩（qióng）：蟋蟀。白居易《禁中闻蛩》诗："西窗独暗坐，满耳新蛩声。"

[4] 双波：指"双眼"。

[5] 钿钗：用金翠珠宝等制成的妇女首饰。擘：分开。

[6] 机丝：灵巧的发丝。

[7] 瘦石：清孙锦，字野史，自号独学生，又号岷阳大布衣、瘦石。嘉庆时国学生。不事举业，与其弟澍构古堂书屋，闭门联榻，扬推古今。为文力求奇崛。著有《瘦石文集》《瘦石诗集》《蜀破镜》等书。

[8] 君平：汉严君平，名遵。蜀人。卜筮成都市。每依蓍龟以忠孝信义教人，日得百钱，即村肆而读《老子》。扬雄著书称其"不作苟见"。著有《道德真经指归》（《隋书·经籍志》作《老子指归》）十三卷，现仅存七卷。

棹 渔

和 前 调

香雾银河侧，只梦中曾见，去年离色。犀点暗通[1]。玉颜轻晕，弓腰新窄。拂纤手鹍弦[2]，一声声怨，但掩抑，夜未阑，寒凝碧。又露脚横飞，淡烟低罩，化作画屏秋影，有人空忆。

夕遥疏星欲滴，想素娥自谢[3]。芳饰彩云何在？灵风微警，月斜天白。怕望断虹桥水，遥归去，无鹊翼，料旧欢应悔识。尽世世生生，难将愁字断得，尚隔璇宫路北。

［1］犀灵句：李商隐《无题》诗："身无彩凤双飞翼，心有灵犀一点通。"灵犀，犀牛角。旧说犀牛是灵异之兽，角中有白纹如线，直通两角。

［2］鹍弦：用鹍鸡筋盘做的琵琶弦。

［3］素娥：古代传说中嫦娥的别称，亦泛指月宫的仙女。《文选》谢庄《月赋》："集素娥于后庭。"李周翰注："嫦娥窃药奔月，因以为名。月色白，故云素娥。"

未 丹

安 公 子[1]

丁巳阳历九月九日值休假[2]，陪同社诸公登北山赋诗，旧节新时，古欢今约，为谱此解，感慨因之，塞上风高，即此为龙山之会矣[3]。

古戍惊秋早，早秋已共深秋到。郭外荒湾蓉叶尽，著萧疏红蓼。露一角，精蓝藓磴西风扫。攀翠藤，又博浮屠笑[4]。听暮天樵唱，容我偷闲吟眺。

客鬓霜华饱，晚烟愁锁长安道[5]。数点归鸿回侧阵，蘸澄江斜照[6]。料也解，河梁别后书难报[7]。凭画阑，遮莫湖山好[8]。便预作重阳，待觅茱萸簪帽[9]。

［1］安公子：词牌名。

［2］丁巳：指民国六年（1917 年）。

［3］龙山：见《寄和王酌笙尼什哈山采马兰歌》注［3］。

［4］浮屠：佛教名词。佛塔。此指佛教徒。

［5］长安道：此指北京。

［6］蘸（zhàn）：原指把东西浸入水中。引申为以液体沾染他物或用手沾取液体。此指"映入"。

［7］河梁：桥。陆云《答兄平原》诗："南津有绝济，北渚无河梁。"后用为送别之词。

［8］遮莫：尽管；任凭。董解元《西厢记》："休道尔姐姐，遮莫是石头人也心动。"

［9］茱萸：植物名。有浓烈的香味，可入药。古代风俗，阴历九月九日重阳节，佩茱萸囊以去邪避恶。王维《九月九日忆山东兄弟》诗："遥知兄弟登高处，遍插茱萸少一人。"

阳台路^[1]·怀湘社诸君子

戍楼晚，望水天共色^[2]，横斜飞雁。带残阳，没影苍烟，空剩蓼花摇岸。因忆潇湘^[3]，万里故人，雨乖云散^[4]。阑干畔，算为伊，新题词句都遍。

已悔流沙非计^[5]，叹断梗^[6]，征衫泪满。塞垣秋老，定念我，未归张翰^[7]。良辰况^[8]，南楼夜月，旧梦几回同玩。愁无限^[9]，听霜茄，不胜清怨。

［1］阳台路：词牌名。

［2］水天共色：王勃《滕王阁序》："秋水共长天一色。"

〔3〕潇湘：见《雪梅香·雨后饮松江酒楼次韵和未丹作》注〔3〕。

〔4〕乖：不和谐。

〔5〕流沙：古代指我国西北的流沙地区。此指东北。

〔6〕梗：草木的枝茎。

〔7〕张翰：见润斋《分得"棹"字》注〔2〕。

〔8〕况：景况。

〔9〕作者自注："按宋《乐章集》此处'寒灯畔'系三字句且叶韵。坊本'畔'讹'半'，遂读作'寒灯半夜厌厌'，以六字为句，且失一韵，万氏仍之，梦梦终古。今为订正，音节益谐，盖古本之足贵也如此。"

霜叶飞^{〔1〕}·红叶

素娥微怨。清霜重，秋容人世偷换。绿阴青子认枫林，料染深深茜^{〔2〕}。称白发，酡颜自展^{〔3〕}。停车都为伊留恋。正暮色苍茫，怕衬入芦花，误了绝寒归雁。

犹记旧日宫沟^{〔4〕}，幽情传出，尚隔天上河汉^{〔5〕}。感红颦翠又经年，梦里繁华变。剩一角，斜阳未剪，输他绝塞胭脂贱。看洞庭，波流处，多少浮萍，被风吹转。

〔1〕霜叶飞：词牌名。

〔2〕料染：重染。茜：见润斋《北山看红叶》注〔2〕。

〔3〕酡颜：见润斋《北山看红叶》注〔6〕。

〔4〕宫沟：用"红叶题诗"典故。唐朝年间，后宫的宫女人数众多，

但大多数只能一生寂寞，有宫女遂在红叶上题诗，抛于御沟中寄托幽情，后来红叶流向宫外，结成奇特姻缘。此典故出处较多，有唐范摅《云溪友议》，五代孙光宪《北梦琐言》等等。

［5］河汉：即银河，亦称"天河"。

孙锡嘏

念奴娇·天柱山访古

山名天柱[1]，福陵里[2]，屈指英雄人物。敢逐鹿中原霸业，崛起兴安戈壁。叶赫刀光[3]，不咸气派[4]，铁马追风雪。满洲基业，堪称一代豪杰。

兴亡逝水流年，星移斗转，墓草年年发。创业维艰难守业，不肖子孙湮灭。荣辱云烟，新陈代谢，何叹生华发？古人不见，而今娇好明月。

［1］天柱：天柱山，在辽宁省沈阳市东郊。

［2］福陵：又称"东陵"。在辽宁省沈阳市东郊天柱山上，清太祖努尔哈赤的陵墓。背山临水，古木参天，风景极佳。

［3］叶赫：叶赫部。即满清先人部落。

［4］不咸：不咸山，长白山之又一名。为满清发祥之地。